青梅竹馬絕對不會輸的戀愛喜劇

OSANANAJIMI GA ZETTAI NI
MAKENAI
LOVE COMEDY

8

〔作者〕
二丸修一
SHUICHI NIMARU

〔插畫〕
しぐれうい

Kadokawa Fantastic Novels

序章

＊

到家以後，我直接進了自己房間。

燈打開，書包順手一扔。

於椅子隨意坐定後，我在書桌上抱頭懊惱。

「——搞砸了啦啊啊啊啊啊啊啊！」

先前的景象從腦海裡浮現。

我在社辦向黑羽、白草、真理愛三個人聲明時的畫面。

『所以——我們之間，要不要暫時保持距離？』

我試著捏住眉心。因為我打算先冷靜下來，再確認這是否為現實中發生的狀況。

眼前並不模糊。我試著擰了手臂，會痛。這果然是現實。

為保有心靈的寬裕，感覺好像必須從舉止做起，所以我試著「ＨＡＨＡＨＡ！」地聳了聳肩自我解嘲。

然而，內心到底覺得不踏實。

我嘆了口氣試圖放棄，接著來到床上，制服也沒換下就拿毯子蒙住頭。

「——我在搞什麼啊啊啊啊啊！」

有沒有自知之明啊？像我這樣，即使有粉絲團成立也只是一瞬間的風潮，頂多演技碰巧比較受他人認同而已！對演技的認同跟造成流行的食物差不多，立刻會被遺忘！我可不是阿部學長那種被眾多女生仰慕，還能表示「真傷腦筋」而不惹人嫌的帥哥！

反觀像黑羽、白草以及真理愛那樣任誰看了都覺得可愛又廣受歡迎的女生，居然會對我有好感，簡直可稱作奇蹟！彷彿天使對捲殼蟲懷有愛意！可是……

「明知道如此，我卻做出了這麼……這麼過分的行為……！」

要冷靜。碰到這種緊急事態，我更應該發揮以往的舞台經驗。沒錯，小時候上台表演發生照明出問題的意外，我不就靠著臨場反應撐過去了嗎……要趕快回想起當時的那種冷靜……

——叮咚～

玄關傳來了門鈴聲。

（該不會……）

腦中率先冒出了「難道是黑羽、白草、真理愛她們三個找上門？」這樣的念頭。

剛才她們都因為我宣布要保持距離而愣住了，卻覺得沒辦法接受就來向我追究——十分有可能演變成如此。

可是那樣就傷腦筋了。老實說，我無法掩飾內心的動搖。

直到宣布要保持距離時，我都有所覺悟。但是看了她們三個困惑的臉色，如今在我心裡打轉的是後悔之念。

（……假裝不在家好了。）

不，黑羽在場的話，我再怎麼裝都會被看穿。搞不好她還有可能跑去向銀子伯母借我家的鑰匙。

（……先做好心理準備，再去看看狀況吧。）

就這麼決定。

我放低腳步聲，走到玄關。門鈴聲在這段期間仍迴盪於家中。

我試著偷偷從門上的貓眼窺探外頭。

於是——

「什麼嘛，原來是哲彥。」

他手上難得提著超市的購物袋。

我安心地嘆了氣，然後開門。

「你很慢耶，傻瓜晴。」

「怎樣啦，突然跑來我家。」

「呃，沒事啊。我在想偶爾要不要一起吃個飯。」

哲彥說著就舉起超市的購物袋，裡面似乎放了食材。

「你要下廚？」

「反正你家八成只有泡麵。」

「哎，是這樣沒錯啦，不過你會弄這些還真是稀奇。」

「話雖如此，我在暑假偶爾也有過來做飯吧。」

「那倒是。」

暑假——告白的黑羽被我拒絕，結果使彼此關係變尷尬的時期。我一直不知道要用什麼臉去面對每週來幫忙打掃的黑羽。

所以我曾經找哲彥來家裡一起吃晚飯，藉此當成婉拒黑羽打掃的理由。因此這陣子固然比較罕見，哲彥會來我家吃晚飯也並不算多讓人訝異的事。

「好啦，進來吧。」

我把哲彥領進客廳。

哲彥熟門熟路地把超市購物袋擱在廚房，並且挽起袖子。

「末晴，你沒吃晚餐吧？」

「對。你肯做的話我就吃。」

「你也要幫忙啦。」

因為這樣，我不知不覺落得被迫洗菜的下場。

哎，不過感覺這樣也好。

畢竟就算待在房間，我大概也只會因為自我厭惡與內心糾葛而在床上打滾。

料理在我聽從哲彥指揮的期間逐步完成，一回神，桌上已經擺了白酒蛤蠣義大利麵與沙拉。

我們以電視的聲音當背景音樂，吃起了晚餐。

「你的廚藝依舊亂好一把的。」

調味得當，更重要的是賣相好。像沙拉就滿滿都是黃綠色蔬菜，擺盤簡直就像義式餐廳端出來的一樣。

「別蠢了。男人受不受女性歡迎會受到做菜技術影響啦。」

「每次誇獎你大多都會扯到這方面。去死吧。」

「你現在還有閒情逸致說我嗎，末晴？」

「啥，你在講什麼啊？」

「末晴，我問你，這次你捅了什麼婁子？」

我的喉嚨不由得哽住了。其實只要矢口否認就好，我恨老實的自己。

對方看見我這種反應，想法就從推測變成篤定了吧。

哲彥連珠炮般開了口。

「看志田她們的模樣也曉得有發生過狀況，接著當然就會想到是你搞的飛機。但我沒辦法連你做了什麼都推敲出來，所以才要問啊。」

受不了，為什麼我身邊的人都這麼擅於察言觀色呢？明明我想靜下心來自己多思考一陣子，卻連這點空閒也沒有。

哲彥拿湯匙攪拌裝在馬克杯裡的手工調味醬，然後淋上盛在手邊小碟子的沙拉。親手做調味醬的當然是哲彥。

「遇事不決的話，再怎麼煩惱也不會有進展吧。反正時間一過，出了什麼事自然會從其他地方傳進我耳裡，你就自己講啦。」

「有理到令人不爽的地步。」

從經驗就能得知。在哲彥面前，我有時候可以隱瞞「自己對於他人的心思」，然而「有心事」便瞞不過他。

「……知道了啦。我邊吃邊講，麻煩你聽我說。」

於是我將事情緩緩道來。

不只黑羽跟白草，連真理愛都成了意識到的對象所造成的罪惡感。然而跟她們三個女生的距離正同時拉近，每每讓我心生搖擺。

然後我得到了來自客觀角度的兩人份建言——

蒼依的「不老實」發言，以及陸建議的：『就算是暫時性也好，學長是不是只能跟她們保持即使被色誘也不至於守不住的距離了？』

煩惱之後，我就對黑羽、白草和真理愛宣布：『所以——我們之間，要不要暫時保持距離？』——這些經過都一五一十地告訴了哲彥。

「哦～～」

哲彥的反應依舊淡然。

「哎，除了最後那部分，我大致上都知情。」

「你都是從哪裡取得情報的啊！我真的覺得很玄耶！」

比如我開始意識到真理愛，還有對她們三個開始產生罪惡感，假設這些都可以從我平時的舉動看出來好了——

可是哲彥會知道蒼依與陸說過什麼就真的令人想不透了。甚至讓我懷疑自己的隱私是不是被誰拿去黑市做買賣。

「蒼依的部分先不提，因為間島陸也有跟我交換聯絡方式，單純是他在話題中有聊到。」

「真不懂神為什麼要把此等社交能力賦予你這傢伙。」

人們往往會認為「性格良好＝有社交能力」，但只要看過哲彥的為人，就曉得性格與社交能力根本沒有正相關。哎，以哲彥的情況來講，八成是因為冷血才敢毫無顧忌地介入每一件事且應付自如。

哲彥靈巧地用叉子把剩下的義大利麵捲起來送進嘴裡後，就把大盤子挪一邊去。

「然後呢？」

「……然後什麼？」

「你說要跟那三個女生保持距離，我並不覺得是個錯誤的主意耶。」

「是這樣嗎？」

「是啊。我真的這麼認為。不過，問題在於你自己懷疑這樣做是否妥當吧？」

「……唔。」

「我倒覺得沒什麼必要保持距離啦。坦白講，考慮到問題的本質，保不保持距離在現階段已經無所謂了。畢竟，問題是『你能不能毫無後悔地從中選擇一個女生』吧？」

是的，哲彥說得對。

最重要的——正是「這一點」。

「假如為此跟她們三個保持距離是最好的做法，那你的主意就沒有錯。但是呢，既然你已經打定主意，就必須貫徹到底吧。」

「……就是啊。」

我洩氣地垂下肩膀。

「抱歉。老實說，我現在三心二意，看到她們三個困惑的臉色，想法就忍不住搖擺了。」

「嗯，你的發言確實是在走鋼索，難保不會讓她們胡思亂想，比方說『莫非你另外有了喜歡的對象才提議要保持距離？』這樣的臆測。」

「嗚嗚！錯、錯了，並不是那樣的……！」

「呃，向我辯解有啥用。」

「唔……」

「反正那三個女生都很聽明啦，我想不要緊。只是你會不惜這麼做，果然是因為被蒼依說的話刺激到了嗎？」

「……差不多。」

『——明明還把其他女性放在心上，態度卻半推半就，到底是不老實。』

我忘不了這句台詞。

「要說的話，我也沒想過要跟她們三個保持距離。可是，在保持距離的現況下，我覺得『自己好像才終於擺脫了不老實的狀態』。」

被好幾個女生迷得神魂顛倒當然是不老實的。所以我要保持距離，免得自己輕易被她們迷倒。這算得上老實的行為吧。

「哈哈，原來如此。你所謂的老實是指這麼一回事。」

「什麼叫『我所謂的老實』？」

「呃，老實這個詞是因人而異啦。」

「……雖然我有不好的預感，你認為什麼樣的行為才叫老實？」

「隨心所欲去愛所有自己喜歡的女生也叫老實吧？」

「感謝你依舊渣到極點的發言。去死啦！」

這傢伙就是這種人！應該說，他的道德基準根本脫離常軌了！明明感情經驗豐富卻無法當成參考，正是因為這種特質所致！

哲彥搔了搔腦袋。

「要我認真給你建議的話嘛，在我看來，你似乎是『害怕自己因為疏遠那三個人而失去她們的理睬』。」

「……………」

「不，『就連疏遠那三個人，都是因為你怕失去她們理睬才做出的行為吧』？」

「……………」

是嗎？原來我——不想被她們三個討厭啊。

因為我喜歡她們，因為我就是這麼受她們吸引。

可是我無法選一個對象定下來，話雖如此又不認為自己可以悠悠哉哉地繼續保持現狀，唯有罪惡感在累積——所以忍不住就採取了這樣的行動。

「末晴，我覺得你照你的規矩去做就行了，反正也沒有人拿得出正確答案。但是你最好先記住一點，那就是『你所謂的老實』未必能讓志田她們感到老實。畢竟正確答案或許不只一個，也或許全都是正確答案。哎，你做決定別讓自己後悔就好。」

「哲彥……」

我稍微受了感動。他給的這些建議倒是正經得嚇人。

「謝啦。我會試著多想想。」

「別在意，我只是給了理所當然的建議。」

哲彥露出溫柔的笑容。

我也跟著露出笑容問道：

「所以說，你的真心話是？」

「越是苦惱就越會深陷其中，你不如多苦惱一下給我當樂子。」

「你實在夠渣的耶！」

＊

哲彥回家以後，我洗了澡，然後跳上自己房間裡的床。

「……非思考不可。」

認真思考，自己要選誰。

無論哲彥的動機為何，他說的內容並沒有錯。

「話是這麼說，之前向我告白過的就只有小黑……至於小白和小桃，萬一是我自作多情，那就變成鬧出天大誤會的小丑了……」

誤會很可怕，誤會甚至有可能導致「——不要。」的慘劇再次上演。雖然真理愛追求我的方式相當接近於告白，白草對我有好感也是可以體會到的，應該不至於變成「慘劇重現」就是了。

「……呃，先等等。」

目前，我認為現狀是「終於脫離不老實的狀態了」。

但是錯了。有一件事我非得面對。

——「青梅女友」。

在我接受黑羽的提議以後，我們建立了與情侶有著一步之隔的關係。

然而經過粉絲團騷動、真理愛的家庭問題、朱音的告白糾紛、期末考等風波以後，要問我是否有努力加深與黑羽之間的關係，答案是否定的。倒不如說，當黑羽以外的女生跟我拉近距離之際，「青梅女友」這層關係從精神上發揮剎車作用，讓我想起「自己有小黑這個『青梅女友』，所以要克制」的情況還比較多。

（奇怪，這樣該不會比較接近於結婚後的精神狀態，而非男女朋友……？）

有老婆在，所以喝酒應酬要稍微節制，還得避免被女性迷倒，諸如此類。

明明彼此距離很近，卻不會特地約會，總覺得這也跟結婚後的狀況類似……說不定我是因為跟黑羽的關係有了明確名分，就覺得怪安心的……

「關於『青梅女友』，我也得釐清想法才可以……」

既然想保持距離，「青梅女友」的名分應該也會跟著空懸著。即使如此，什麼都沒交代就放置不管絕非好事。

以順序來講，我要先釐清「青梅女友」這層關係，藉此跟她們三個保持平等的距離感，之後再思考要選誰才對吧。

這樣的話，我得盡早設法對「青梅女友」進行處理。

（但即使說要釐清，我又該怎麼做啊……）

我倒在床上，朝著房裡的電燈張開手掌。

「老實是嗎……」

越思考，越覺得老實並不容易。

舉例來說吧。

在格鬥比賽中，其中一方身負傷勢仍硬要出場；另一方知道對手有傷，卻認為全力應戰才符合禮儀，還不時針對受傷的部位攻擊而贏得了勝利。

這樣算老實嗎？還是不老實？

觀感大概因人而異。有的人會說無論有什麼隱情都要全力以赴才叫老實，也有人會說攻擊受傷的部位並不老實吧。

在將棋界有「米長哲學」一詞，這是用來表達棋手面對輸贏老不老實。「一場棋局對自己而言可輸可贏，但只要對手看重這場比賽，就要傾全力擊敗對手。」——有這樣的哲學存在。

將棋幸有前人留下了這樣的嘉言指引方向，每一個領域對於老實與否的定義都有其困難處，甚至連大聯盟棒球——不，不僅體育界，在日常生活的所有人事物上——不時就會發生何謂老實的爭論。

「我——」

我放下舉著的手，用手臂蓋住眼睛。

在黑暗中，我自力思索該如何是好。

＊

「——由我們三個同時把小晴甩掉，如何？」

黑羽的說話聲在咖啡廳包廂裡如碎浪般擴散開來。

寒風令庭院樹木發出搖曳的聲響。這間咖啡廳的賣點在於英式花園風格的庭院，目前卻因為季節入冬，呈現寂寥景象。

「儘管有許多部分令人介意，能不能先請妳將細節說來聽聽？」

「白草學姊說得對。不然我們也無法做判斷。」

白草與真理愛拿了手邊的飲料就口。

然而這是內心無法鎮定所致。現場的緊張感明顯提升了。

「來重新確認現狀吧。我們三個不幸被小晴提議：『要不要保持距離？』我認為這是我們各自展開攻勢，使得小晴不知道自己該選誰，迷惘過了頭就產生罪惡感，導致為了暫且冷靜而說出那種話。妳們覺得我有說錯嗎？」

「是這樣沒錯。對此我並無異議。」

白草用白皙的長長手指撫過咖啡杯。

「志田同學，我也自認為懂妳的心思。三個人同時對小末冷淡，意思是要讓他強烈體認到我們的價值吧？」

「可是人家仍然有疑問。用『冷淡的態度』對待末晴哥哥，未必就可以讓他『強烈體認到我們的價值』。不，冷漠反而還有可能讓末晴哥哥對我們死心。比如說——『她們幾個相處起來真麻煩，我看算了～反正好像還有其他女生對我有好感～～就從那些女生來選吧～～』就是一種可能的情況。如果變成那樣——就適得其反了。」

與其說真理愛將末晴模仿得很像，應該說是把無中生有的輕浮形象表演到極誇張的地步。然而要勾起恐懼有十足的效果。

「不行……！那樣的話，好不容易弄垮的粉絲團會死灰復燃……！」

「唉，也是啦。無論有什麼理由或轉圜的說法，我的提議都是把『甩掉小晴』當成前提，所以會有風險存在。這點我承認。」

黑羽把麻花辮撥到耳邊，然後在柳橙汁上淋了醬油。

唔——白草與真理愛隨之語塞且皺起臉。

黑羽面不改色地喝下加了醬油的柳橙汁，然後將杯墊挪遠一點。

「姑且舉個例子的話，我覺得就像北風與太陽。小晴是因為我們的攻勢太過猛烈，就加了好幾件衣服在身上。這樣就算吹起再強的風也沒用，有逆向操作的必要。當然這樣舉例的話，感覺會變成熱＝對他冷淡而難以想像，這部分就麻煩妳們在腦裡巧妙地進行轉換。」

「……人家自認能明白含意。」

真理愛點了頭。

「但是黑羽學姊，人家依然不認為要打破現狀，採行妳的提議會是最理想的主意。順帶一提，人家想做個確認，我們並不是被末晴哥哥討厭才造成目前的局面——這算是我們之間的共識，對不對？」

黑羽和白草默默點了頭。

「既然這樣，我們不需要協調彼此的想法吧？」

「比方說？」

黑羽問道。

「感覺重點是要表達出我們幾個『並不希望保持距離』。人家固然不樂見末晴哥哥被黑羽學姊或者白草學姊迷住，但是人家更討厭沒辦法跟他變成一對。要緊的應該是確實讓末晴哥哥曉得他心目中的『老實』，並非我們所要的『老實』吧？」

白草打斷了對話。

「等一下，桃坂學妹，與其互扯後腿，我覺得現在這樣比較好。」

「是嗎？」

「我對難以跟小末拉近距離這一點並非毫無不滿，但他的行為讓我覺得是老實的。該怎麼說呢，志田同學還有桃坂學妹，妳們會不會稍微超出分寸了？這樣的距離感即使不能算是最理想，我覺得還是比以前好。」

「……白草學姊會這樣想，人家是可以理解的。」

話說完，真理愛就對黑羽使了眼色。

「就像這樣，會有許多種觀點與應對方式，不過黑羽學姊的提議最讓人家戒懼的是——」

真理愛舀起盛在漂浮可樂上的冰淇淋大啖。

她先是露出彷彿將好吃寫在臉上的笑容，隨後突然擺了闖蕩演藝界的老江湖表情說：

「『黑羽學姊聲稱要三個人一起甩掉末晴哥哥，卻只有自己不採取動作，想藉此獲得漁翁之利』……學姊，妳是不是在打這種主意呢？」

白草揚起眉毛。

「要、要是變成那樣——」

「末晴哥哥會以為自己只剩下黑羽學姊，就選她當真命天女……」

「不、不可以，那可不行！」

「萬一發生那種情況，可知同學與小桃學妹只要跟著否認就好了啊。」

黑羽用手肘拄著桌面，露出了傻眼的臉色。

「哎，或許是那樣沒錯……」

「白草學姊，不行喔，不能給黑羽學姊任何一絲可乘之機。憑黑羽學姊的能耐就會抓準末晴哥哥誤解的短暫空檔讓生米煮成熟飯，最糟的情況還可能讓愛情末班車直接開往終點站——」

「的確！」

白草瞪向黑羽。

「感覺這隻狐狸精就是會做那種事。」

「雖然兩位的說詞有非常非常多地方讓人想吐槽，我還是希望妳們先聽完後續的內容，所以我繼續說下去嘍。」

黑羽淡然到了莫名其妙的地步。

白草與真理愛互相交換眼神，結果沒有開口就直接等黑羽出招。

「先聲明，剛才妳們擔心的手段就算不是我也一樣能用。從這個角度來看，大家的條件都是平等的，我自己也希望避免有人偷跑。」

「要這麼說的話……也對呢。」

真理愛答腔催她繼續說。

「還有，小桃學妹提到我們三個同時甩掉小晴會有讓他信以為真的風險。對此我已經想好因應方案了。」

「——什麼方案呢？」

真理愛以銳利的目光望向黑羽。邏輯上有毛病就會立刻戳破，這是她在考驗對方的眼神。

黑羽迎面承受這種眼神，並且緩緩道來：

「所以，我們要當成這是在『整人』。」

白草短瞬間無法掌握到語意而眨起眼睛。

真理愛則是「哦」地嘀咕了一聲。

「原來如此。意思就是要把『三個女生同時甩掉男方』這件事當成『群青同盟的整人企畫』來進行，對不對？」

「正是。」

黑羽觀察了白草與真理愛的臉色。

「既然是群青同盟的企畫，便沒有人能偷跑。再說整人都是沒多久就要拆穿的吧？這樣也方便給小晴一個交代。群青同盟目前正好接了協辦聖誕派對的委託，妳們不覺得這在派對上會是有趣的企畫嗎？」

白草與真理愛兩邊都靜靜地陷入沉思。

「……這樣的話，表示妳要把甲斐同學牽連進來？」

「不讓他加入就很難當成群青同盟的企畫，而且有除了我們三個以外的成員參與，誰想偷跑都會變得有難度……沒錯吧？」

「…………」

「…………」

白草與真理愛會沉默下來，是因為黑羽的提議值得深思。

（想打破被拉開距離的現狀，採用這個企畫確實可能是個辦法。）

（但是，風險依然偏高吧……？）

（不知道會有什麼後果，有如下猛藥的一項計策。）

（最重要的是——）

白草與真理愛循著類似的思路導出了類似的結論。

（雖說是整人企畫，要甩掉男方仍會有顧忌——）

有的事情開得起玩笑，有的不行。

利用整人企畫之便——理論上是可以藉此將事情一筆勾銷。然而即使只是騙人的，白草與真理愛仍會對「甩掉男方」這樣的行為感到遲疑。

「……不可以嗎？」

黑羽催促她們倆回答。

先開口的是白草。

「很像一度甩掉小末的妳會想出來的計策。」

「妳在稱讚我嗎？」

「這已經無關於稱讚或貶低了，我不敢領教的是妳居然能付諸實行……」

「黑羽學姊那次的行為讓人家感到恐怖，恐怖程度甚至超越了她被末晴哥哥告白所引起的嫉妒。」

「我了解。她那樣會讓人覺得『狠角色在此』。」

「是的，簡單用一句話來表達人家的感想就是：『唔哇～』」

「我完全有同感。」

「什麼同感啊！」

黑羽心冷似的交抱雙臂，板起了臉。

「過去的事情不用再提了吧！問題是接下來要怎麼辦！讓我聽妳們的答覆！」

面對黑羽的逼問，白草與真理愛望向彼此的臉——然後點了頭。

「恕我拒絕。」

「人家拒絕。」

黑羽深深地嘆息，看出這兩人不會改變結論，因而緩緩起身。

「我明白了。那麼，這件事就到此為止。但是，『妳們說不定會改變心意』，到時候要跟我說一聲喔。」

「咦，妳這是什麼意思？」

黑羽不予答覆，而是準備回家。

白草制止般對這樣的黑羽說道：

「所以妳判斷我們有可能改變心意？妳看出了什麼？」

「我並沒有看出什麼。只不過，我正在設想所有的可能性，在那當中是有妳們改變心意的可能性……很奇怪嗎？」

白草與真理愛都知道這是在詭辯。

黑羽口頭上聲稱「所有的可能性」，但話裡顯然隱約有著自信。那種調調近似於「之後妳們八成會欲哭無淚，但妳們現在應該無法理解，所以我不跟妳們爭」。

正因為如此，她們倆心裡都有了疙瘩，然而在這裡跟黑羽起口角顯然也沒意義。

「……哎，也罷。抱歉對妳問了怪問題。」

「不會。那我走嘍。」

黑羽留下自己那一份費用以後就離開了咖啡廳。

「不曉得黑羽學姊看出了什麼呢……」

「表示會有狀況讓我們起意採用她剛才的點子……？簡直莫名其妙……」

「看來黑羽學姊果然比遜炮的白草學姊更應該提防……」

「妳剛才說、說我遜炮嗎！」

「人家沒有啊～～」

「妳說謊真的都不用打草稿……！」

黑羽來到了店外，並且隔窗望著她們倆鬥嘴的模樣。

「演變成這樣，接著就要看小晴態度如何了……」

黑羽轉過身。從她臉上看得出迷惘。

第一章　結束的時刻，而後

＊

演藝研究社，社辦。

我們解決了朱音遇到的風波，目前正在鄭重討論橙花以學生會名義委託我們主辦的聖誕派對相關事務。

「我～～說～～過～～啦，派對必須有亮點！即使說要向全校同學募集當天表演的節目，我們還是得另外準備吸引人的亮點。就算在文化祭占到體育館當場地，沒有話題就無法吸引人吧？道理是相同的。」

哲彥站在白板前，一如往常向我們講述。

上完一天課的疲倦感湧來，讓我打起了呵欠。

關於是否答應協辦聖誕派對這件事，已經在期末考結束後舉行的投票以贊成四票、反對一票的結果表決通過了。

順帶一提，反對的人是哲彥。其餘成員都自覺到粉絲團糾紛曾經給橙花造成麻煩，因此都站在贊成這方。

「你們看看目前都募集到什麼表演節目。兩場樂團演奏，一場搞笑短劇，一場舞蹈表演……而且成員毫無話題性，是我就不會到場看表演。」

大家在討論聖誕派對上推出的節目。

表決通過要協辦聖誕派對那一天，「募集在體育館舞台上推出的表演節目」這件事情也一併敲定了。

當時，哲彥曾這麼說：

『假如要炒熱活動，邀請名人來就行了，有經費的話啦。假如缺經費，我認為應該採取由學生志願上台表演的形式，用增加活動協辦者的方式來提高參加率。哎，基本上跟文化祭一樣啦。派對預定是用體育館當會場，所以舞台正好空著。我們就向全校同學募集當天的表演節目怎樣？在聖誕節有機會當眾登台表演些什麼，感覺還不賴吧？八成會有人想出風頭，說不定也有傻瓜打算趁機告白。』

大家都贊同他提的這個意見，而且消息最好盡早公告，所以我們就在學生會的認可下募集表演了。

「好啦，哲彥，你的意見我懂，但現在有什麼好主意嗎？」

哲彥對任何事都嚴格看待，然而他並不是沒頭沒腦只顧批評的那種人。照以往套路，他大多有自行構思的替代方案，因此我決定先聽他的主意。

「有啊，我有好主意。」

「哦，說來聽聽。」

哲彥露出了賊笑。

「讓我們的女成員參與派對上的表演。」

「！」

我交抱雙臂，陷入沉思。

……原來如此，群青同盟到沖繩拍攝過宣傳片——哲彥的意思是要讓當時超受歡迎的偶像組合在聖誕派對上隆重復出吧。

記得在群青同盟的影片裡，將告白祭與廣告比賽除外，那段宣傳片的播放次數是最多的。甚至有演藝經紀公司來問她們三個想不想組團出道當偶像。

「……哲彥，我也有好主意就是了。」

「哦～～說來聽聽啊。」

「到時表演的服裝，可以因循聖誕節……安排成『迷你裙聖誕女郎』怎樣？」

哲彥的臉色變了。

「唔，原來如此。那樣就有聖誕節的應景感——」

「而且也夠辣——」

哲彥揚起了嘴角。

「以你來講算是不錯的主意。我好久沒在出主意這方面輸人了。」

「蠢貨，我一向只出好主意的吧。」

「哈，偶爾想到好主意居然就得意起來了。」

「囉嗦。」

我們一邊互相冷笑一邊握了彼此的手。

「你們倆怎麼可以總結得像是談成了一件好事啊！」

黑羽闖進了我們之間的友情。

「我們還沒有決定要參加表演耶！」

黑羽被形容跟小動物一樣可愛的眼睛變凶狠，別著幸運草髮飾的麻花辮隨之搖曳。

「上台表演也就罷了，關於迷你裙聖誕女郎那種色色的服裝，我倒希望能聽見詳細的交代……小末，你說對吧？」

黑長髮的正統派美少女白草一旦將食指湊在下巴並且瞪過來，魄力是相當可觀的。我不得不打顫。

「末晴哥哥……假如你是在我們兩人獨處時講那種話，人家就會秀給你看耶……」

真理愛用手指捲著輕柔秀髮，還把椅子朝我這邊湊過來。

白草察覺到這一點，就挺身將真理愛拉回原位。

「呃，白草學姊，請問妳這是做什麼？」

「難不成妳忘了小末之前說過的話？我倒希望妳有所謂的分寸。」

「那是——」

當她們倆就要吵起來的時候，哲彥「啪」地拍了手硬是讓大家把注意力轉到自己身上。

「好了好了，妳們已經岔題啦，回歸正題吧。」

面對哲彥講的大道理，白草與真理愛大概一時都想不出反駁的方式。

哲彥就趁著她們倆躊躇的空檔繼續談下去。

「先把話說清楚，我可不是異想天開才提這個企畫的喔。群青同盟收到了山一般的迴響都表示希望看妳們三個再次組團，實際上影片的播放次數也很可觀。辦得成的話，除了有女朋友的傢伙……不，交了女朋友的人或許還是會偷偷到場看表演，妳們有這種程度的影響力。」

的確，假如我是跟黑羽她們毫無關聯的男同學，肯定會去看表演吧……

白草用冷冷的語氣說道：

「首先，不能有色色的服裝。要是無法保證這一點，我就不想繼續談了……懂嗎，小末？」

「好哇。」

順帶一提，我想回答的是「好啊」，臉頰卻被白草擰住，使我的發音不由得變成「好哇」。

真理愛偏過頭問：

「既然如此，假設會上台表演是要唱歌或跳舞嗎？」

哲彥點了頭。

「對，我想讓妳們唱聖誕歌。哎，聖誕歌說來都是抒情曲，跟拍攝宣傳片時不同，即使要跳舞也會是簡單的舞步才對。」

「這樣啊，所以難度比宣傳片那一次低。」

黑羽似乎沒有從這個觀點思考過，因而眨了眨眼睛。

「志田，我先跟妳聲明。不開玩笑，妳們上台與否會是成功的分水嶺喔。即使說要炒熱聖誕派對，說穿了只看能不能拉到參加者。然後，這就是我們能推出的最有看頭的節目。如果想幫到惠須川的忙，我是希望妳答應耶。」

「嗯～～提到小惠的名字就為難了。」

「哲彥學長說的固然有道理……不過想到這並非工作，而是社團活動的一部分……人家難免會覺得自己好像攬客的熊貓……」

真理愛原本就待過演藝界，對上台表演的抗拒感最為薄弱。聽她這麼說，我才曉得原來她最掛懷的是這一點。

既不會介意報酬的多寡，也沒有意願出風頭，而且，更不能歸類為會從喝采得到快感的那一型。對懷著自尊心工作的真理愛而言，被要求「用妳的人氣來聚集人潮！」，而非「用妳的實力取悅觀眾！」應該是有違意願。

「不然我們這麼辦吧。」

白草輕撫由肩頭流瀉而下的黑髮。

「小末與甲斐同學也要參加表演，這樣就能抵銷只有我們上台的不公平感。」

真理愛亮起了眼睛。

「這樣不錯呢！人家想看末晴哥哥上台表演！」

「感覺參加者也會變得比較均衡……嗯，我也贊成讓小晴上台。」

「真的假的……」

事情發展有點出乎意料。

然而——仔細想想並不壞

只讓黑羽她們表演確實不公平。像我在沖繩拍攝宣傳片時也曾經技癢得忍不住想跳舞，因此感覺可以說正合我意。

另外，這也有助於改善男女比例。

雖然哲彥的風評不好，但他上台表演的話，想看的女生應該多得是。只靠黑羽她們無論如何都會讓男生變得比較多，所以這提議來得正好。

「哲彥，我是不介意啦，那你呢？」

「居然要我跟末晴一起上台嗎……這個傢伙是只會表演的傻蛋，算他一份就罷了，我要參加就非得認真練才行吧。」

「逼你專注在表演上，以免你有空動歪腦筋──這當然也是志田同學提議的用意之一啊。」

白草冷冷地斷言後，哲彥便嘆了氣。

「我原本就不太想搞這次企畫，聖誕派對的氣氛熱不起來也無所謂啦……」

「是是是，那我們來投票吧。」

白草撇開哲彥的意見後，真理愛立刻將投票箱遞了過去。

「請用，白草學姊。」

「謝謝妳，桃坂學妹。準備得真快呢。」

「每次都照哲彥學長的盤算走就沒意思了，有這種機會應該要反擊才行。」

「我有同感。」

白草挺起端正的鼻梁，主持了這一場投票。

結果──

「贊成四票，反對一票，敲定由男女生各自推出表演的節目嘍。」

掌聲零零星星地響起。

由於哲彥一臉排斥，投反對票的人明顯就是他。

「呃～～真的假的……」

「好久沒有看阿哲學長上台表演，我個人很期待喲。」

照常在旁掌鏡的玲菜笑了出來。

「妳就是不用上台才樂得輕鬆吧……啊，不對，我看讓玲菜也參加表演好了。」

「噫！」

玲菜停下拍到一半的鏡頭，還把攝影機擱在櫃子上。

「欸，阿哲學長，不能那樣啦！像我這種程度，根本無法參加她們三位的表演！」

黑羽等人聽了她這句話，都不以為然地說：

「咦，沒有那種事啊。」

「妳不需要用到『程度』這種詞。」

「玲菜同學也很可愛，沒問題喔。」

「唔唔唔……」

玲菜似乎超抗拒的耶……

儘管玲菜變得畏畏縮縮，她突然「啪」地拍響了手掌。

「啊，對了，我上台表演的話，攝影要怎麼辦？」

「既然是學生會委託的差事，交給學生會的人去拍就好吧。」

「呼咦！」

被哲彥補了一刀的玲菜欲振乏力，我便告訴她：

「沒辦法嘍，玲菜。無論是唱歌或跳舞，我這個做學長的都可以教到妳會喔。」

呵呵呵，平時玲菜總要拿成績等等的理由看扁我，然而表演這方面就是我的拿手項目！應該趁這個機會讓她認清我們之間的上下關係了吧！

「唔哇，大大……一談到自己擅長的領域就立刻擺架子，這樣很容易惹人嫌耶，你最好多注意喲。」

「喂，為什麼我說要教妳，卻被妳同情了啊。」

我用拳頭抵在玲菜的太陽穴轉了轉，她就扭著身子掙扎說：「這正是我不想跟大大討教的原因啦～～」

這個學妹依舊愛耍嘴皮子。

玲菜從我手裡掙脫以後，就過意不去地說道：

「非常感謝學姊們邀我一起參加，可是我真的很怕上台表演或出風頭之類的事，所以……」

「玲菜，這樣真的好嗎？」

哲彥突然講出讓人意外的話。

「妳也受過母親的影響，並不是完全沒興趣——」

「哇～～！哇～～！」

玲菜急忙出聲蓋過他的話。

「阿哲學長，你在說什麼啦！那、那是我小時候的事了……」

「反正妳現在也是個小鬼頭吧。」

「我就說別再提那些了嘛！」

面對玲菜連珠炮般的反駁，哲彥露出傻眼的表情。

「……哎，不提就不提。」

這麼說來，我沒聽玲菜談過她的家人。哲彥會知道是因為他們從國中時就有交情吧。

雖然我有點好奇——玲菜似乎真的很困擾。再多問實在不識趣，因此我決定另外找機會。

「所以呢，哲彥，我們表演的節目要怎麼辦？啊，如果你排斥跟我一起上台，改成各自準備也是可以喔。」

「……呃～～不必，我們就一起表演吧。至於內容……啊，等一下。考慮到也要發表在群青頻道上面，想個能克服著作權問題的表演比較好……不知道哪首歌跟樂園ＳＯＳ一樣可以迴避著作權這關，找總一郎先生問問看吧。」

「我明白。爹地那邊我會先做確認。」

「拜託妳了。或許要聽到曲目是什麼才能回應，不過麻煩大家先定出各自的表演方針。」

之後會議都進行得挺順暢。

群青同盟在聖誕派對接到的委託是炒熱氣氛。只要黑羽、白草、真理愛的表演節目有望達成委託，剩下的都是瑣碎的事務性工作。

餐點及飲料對黑羽她們的表演節目沒有影響，所以將請學生會比照去年辦理。雖然也有想過用食物引誘人參加的點子，但是靠黑羽她們上台就不必多思考那些了。

此外，我們還討論了要用什麼方式宣傳黑羽她們的表演節目，以及節目內容的構成方案等，會議很快就開完了。今後要練習表演內容應該就會變得忙碌，所以今天大家決定早點收場。

「嗯？哲彥，你不回家嗎？」

會議結束，儘管大家都在準備回家，哲彥卻攤開了筆記型電腦。

「對啊，今天討論的內容必須先向學生會報告取得同意。玲菜，妳來幫我。」

「咦，我嗎？……可以是可以啦。」

因此，將哲彥與玲菜留下以後，我、黑羽、白草、真理愛四個人離開了社辦。

白草去牽了腳踏車過來，我們到車站這段路程是四個人一起走。

「末晴哥哥♡」

真理愛若無其事地挽了我的手臂——不，她的態度反而可以用露骨來形容。

「哥哥想表演哪種方向的節目？」

「喂，小桃……」

我感到為難了。

看剛才開會的狀況就覺得奇怪，果然是這樣。明明我已經向她們三個聲明「要保持距離」了，真理愛卻好像置若罔聞。

「咦～～有什麼不可以嗎？」

多麼會算計啊。

真理愛居然用胸部朝我的手臂貼過來。

「桃坂學妹！之前小末講的那些話，莫非妳都沒有聽進心裡？」

謝天謝地。白草幫忙吐槽了。

「啊，妳是指末晴哥哥的『保持距離宣言』嗎？」

真理愛嘀咕得像是什麼事都沒發生一樣。

「那是『末晴哥哥會主動跟我們保持距離』的意思吧？人家對此並沒有任何異議。不過人家想要跟末晴哥哥親近，所以他將距離拉開多少，人家就打算拉近多少。這樣有什麼問題嗎？」

「什——」

白草吭不出聲了。

「那、那樣小末跟我們保持距離不就失去意義了！」

「不會啊，意義就是人家會變得更積極主動。」

「問題並不在那裡！」

「有什麼關係嘛。你說對不對～～末晴哥哥？」

真理愛將含蓄卻又甜美的觸感往我的手肘擠過來。

我的內心受到強烈動搖，然而黑羽跟白草的冷漠視線鞏固了我的理性。

（小桃的好感實在令人高興——但她不肯尊重我之前下定決心說的話，讓我感到落寞……）

我收斂表情以後，就輕輕將真理愛推開。

「小桃，拜託妳行為要有分寸。我並不是想疏遠妳。再被妳用這種方式對待的話，我就不得不發脾氣了。」

「唔……」

真理愛心虛了。

看來我把話說到這種地步，她也實在沒辦法無視了。

「我認為小末的行動是正確的。」

白草稍微加快腳步，來到我身旁。

即使這裡是堤防沿岸的道路，推著一輛腳踏車就會占掉很寬的空間。這使得真理愛形同被擠了出去。

「我也是從以前就覺得我們應該要有分寸一點。最近我們太常驚擾到旁人了，廣受注目不盡然是壞事，但我實在吃不消。」

就是啊。從白草的性格來想，當然會那麼認為吧。

「學生的本分是進修，所以至少在學校要謹守分寸努力向學才對。沒錯吧，桃坂學妹？」

「哎，場面話是這樣啦，全國有幾成學生辦到可就不曉得了。」

真理愛噘起嘴挖苦。

嗯～～真理愛似乎覺得我跟她們保持距離是無可奈何，卻不能打從心裡接受……

「總之！對我而言，小末是寶貴的恩人，同時也是朋友。我對小末這次的提議大為贊同，還希望能藉此建立更良好的關係。」

隻字片語間滿是來自白草的強烈好感。

「小白……謝啦。」

我向白草道謝，很高興她能贊同我的想法。

「不會，這是當然的啊。」

不過——在我心裡倒不是沒有一絲落寞。

畢竟白草說我是「寶貴的恩人，同時也是朋友」。

白草視我為特殊的存在，這一點我十分明白，不過她在根本上仍然強烈意識到我是她的「恩人」吧。

我對白草懷有戀愛感情，何止如此，她還是我的初戀對象。

然而，我不清楚白草對我是怎麼想的。感覺她對我是有戀愛性質的好感……卻也像剛才聽到的那樣把我當「恩人」吧，而且她肯定對黑羽跟真理愛也懷有強烈的競爭意識。這一點跟明確向我告白過的黑羽，或者還不到告白地步卻毫無掩飾地表露好感的真理愛就有所不同。

（或許白草並不如想像中那樣把我視為戀愛的對象……）

白草在應對上肯尊重我的想法，一方面令人感激，另一方面卻讓我產生了些許落寞的情緒。

「志田同學也同意謹守分寸的方針吧？」

白草向走在比較前面的黑羽搭話。

「嗯，那樣可以。」

「…………」

其實我在會議中就一直感到介意，黑羽看起來不對勁。

跟我們交談都是能少就少，回話給人的感覺像在處理公務一樣不帶感情。

「我說啊，小黑。」

「怎樣？」

「妳講話是不是有些生硬？」

黑羽並沒有不理人，但態度顯得見外，或者該說保持著一步之隔的距離感……

總之她以往都可以跟我們一搭一唱，現在卻每句話都會慢半拍。

「嗯～～或許是喔。雖然我並沒有刻意這樣……」

「志田同學，莫非妳有什麼用意？」

白草問道。這對我而言是一句來得正好的質疑。

因此我豎起了耳朵聆聽。

「用意？我可沒有喔。」

「誰教妳對小末這麼冷漠，太不尋常了吧？」

「小晴說要保持距離，所以我自認這樣就是保持距離啊。」

「……………」

「……………」

「……………」

我們沉默下來了。

黑羽會跟我保持距離是因為我的提議，這並沒有問題。

但「這種生硬感卻出乎我的意料」。

「小黑，難道妳在生氣？」

我決定坦率地問對方。

「呃，沒有，並不是那樣的，小晴，我跟你是青梅竹馬，而且總是在一起吧？」

「對啊。」

「所以我不太能掌握『保持距離』是什麼感覺……你懂嗎？」

「聽妳一說，的確是這樣沒錯……」

我們從懂事以來就情同家人，如今說要保持距離，反而會不知所措。

「即使如此，我本身也有認真思索小晴說的話喔。但是我仍然有無法完全消化的部分……」

從黑羽身上確實感受不到憤怒。

「所以我並沒有別的意思。假如讓你們擔心了，那我道歉。」

看來她們三個對我的「想保持距離宣言」各有接納的方式。

真理愛——幾乎無視，而且依舊積極地跟我接觸。

白草——表示贊同，想將跟我之間的距離保持在寶貴的恩人兼朋友等級。

至於黑羽——似乎還沒有做出結論。

這樣我該怎麼承受才好呢？

「啊，我要在這裡先離開了，因為我有地方想順路去一下。」

黑羽說著就走向石砌的階梯。

「那正好，小黑，我有點事要跟妳談，我可以一起去嗎？」

「……是可以啦。」

「太好了。」

我回過頭。

「小白、小桃，就這樣嘍，不好意思，我們先離開了。」

白草與真理愛大概是掌握不到情況，都愣著沒有反應。

我和黑羽就擱著她們倆，從堤防走下去。

＊

我和黑羽並肩走在一起。

這並不算稀奇的事。然而，我們完全聊不開就真的是鮮事了。

「我問妳喔，小黑，妳要順道去哪裡？」

「平時去的那間生活雜貨店。」

「這樣啊，畢竟妳喜歡漂亮的石頭之類嘛。」

「嗯。」

「…………」

「…………」

黑羽並非不肯回話，我也沒有遭到冷落。

難道說，以往我們交談都是黑羽在費心思，所以才聊得開心？

但是——彼此講話拘束得要命。

我想總不至於那樣吧——

（小黑沒有興致接話，居然會讓聊天變得這麼困難……）

或許我從平時就太依賴黑羽了。

讓黑羽寄予好感，又受到她照顧，我是不是都視為理所當然了？

倘若如此，我是多麼地不知感恩。

「小晴，你是有話想跟我說才追過來的吧？」

「啊，對喔！」

我本來想立刻告訴黑羽，卻不好說出口。

所以我踢了在地上的小石頭壯膽。

「既然之前說過要保持距離，關於那方面，我覺得也得省思才可以。」

「你說的那方面是指？」

「『青梅女友』。」

「…………」

黑羽沒有給我反應。多虧如此，我看不出她的情緒。

我戰戰兢兢地開了口。

「我、我問妳喔──這個星期六，要不要跟我去約會？」

「咦？」

黑羽大概相當意外，還因而眨起眼睛。

「我有經過思考。明明妳已經是我的『青梅女友』，我卻沒有為妳做過任何一件事……」

以往我面對提出「青梅女友」點子的黑羽，一直都處於被動。

為了理解彼此的想法，我們應該隨時都可以去約會，卻總是遇到一些風波而始終處於青梅竹馬的關係，根本毫無改變。

我很高興黑羽提出了「青梅女友」這個點子，我更感謝她拚命思考，創造了讓彼此心裡都能舒坦的關係。

可是，當我還在對不熟悉的關係感到遲疑時──局面就變成不得不加以「收拾」「青梅女友」了。

這段關係實在太令我高興，連一次約會都沒有經歷就要收拾掉未免難受。

這段關係實在太令我舒坦，隨口講幾句就當場把它收拾掉未免不忍心。

「所以——」

這次約會算是一種儀式。

我跟黑羽為了共築新關係所做出的了斷兼區隔。

不知道黑羽是明白或者不明白我的決心，她嘻嘻笑了笑。

「這樣好嗎？你才剛說過要跟大家保持距離，還跟我跑去約會？」

今天，她第一次對我露出由衷的笑容。

光是這樣就讓我心情開朗，講話也變溜了。

「可、可以啊，唯有這次破例。」

「馬上就破例好嗎？」

「話是這麼說沒錯啦……」

「我自己可是認真接納了你的意見，還打算確實保持距離耶。」

「別這樣數落我啦。妳覺得如何，不行嗎？」

「哎喲～～！你講話還是這麼突然。」

幸好「哎喲～～！」出現了。

當黑羽講出「哎喲～～！」的時候，語感就帶有「真拿你沒辦法」的含意。因此即使聽起來像在否定，其實她仍是接受的。

「好啊，我會空出行程。連約會都要保持距離的話……哎，先維持現狀看看會怎樣嘍。」

「不好意思。去哪裡就交給我安排吧。」

「小晴懂得規劃行程嗎？」

「我會啦。包在我身上！」

我拍了胸脯以後，黑羽便露出微笑。

「嗯，那交給你嘍。」

朱音偶爾會露出預言者般的目光——而剛才黑羽的目光深邃澄澈得跟那差不多。

眼神彷彿看透了一切，讓懦弱的我不由得退縮。

但是，既然我已經決定了。

接下來只能向前進。

*

到了週六。冷得幾乎要結凍，天空卻蔚藍無比而賞心悅目的日子。

我提早三十分鐘在講好要碰面的銅像前面等待，黑羽則是提早了二十分鐘現身。

「咦，小晴居然會比我早到……」

「哎，偶爾啦。」

「你還好吧，小晴？是不是發燒了？」

「過分耶！我到底被妳當成多不守時啊！」

「誰教之前你有好幾次都差點失約，假如我沒去接你的話。」

黑羽嫣然一笑。

被翻舊帳的我無法吭聲，目光則被黑羽突然的可愛舉動吸引住了。

不知道怎麼回事，處處都能感受到有異於平時的氣息。

「……原來妳這麼用心打扮啊。」

「啊，你看出來了？」

「當然啦，畢竟妳穿衣服的風格與配飾等等都不一樣。」

天氣這麼冷，黑羽卻穿裙子。她當然有多加黑絲襪保暖，不過要提到黑絲襪是白草給我的印象比較深刻，所以既新鮮又有震撼力。

黑羽的身材跟白草的模特兒體型不同，但是也十分漂亮。手腳之纖細以及從頭部到肩膀的玲瓏姿態都很有女孩樣，彷彿一抱就能納入懷裡的嬌貴感挑動我心坎。

她似乎有化淡妝，嘴脣比平時多了幾分淡紅色澤；還有花朵的芬芳從鼻尖掠過留下餘香。

「今天的小晴可以得滿高分喔，居然剛碰面就能注意到女生的打扮。」

「是、是嗎？」

「碰面的地點沒有約在家門前也很新鮮。」

我跟黑羽是鄰居，以往講好要外出時，都是出門花不到一分鐘的時間到對方家去按門鈴就集合完畢了。

可是那樣實在有欠情調。

因此我們講好在車站前的銅像跟前碰面。

「幸好能讓妳高興。」

「你會不會表現得太好了？總覺得有鬼耶。」

「哎，因為哲彥有給過建議……」

以重點來說——

『新鮮與特別感很重要。』

似乎就是這麼回事。那傢伙是腳踏好幾條船的渣男，歷練亂豐富一把。由於說服力實在不容忽視，所以我照做了。

「好啦，你為了取悅我而做的努力算是令人慶幸。」

黑羽露出笑容。

之前那種不自然的距離感——既非青梅竹馬，亦非朋友，恐怕屬於普通同學之間的距離感。想到萬一黑羽今天還是同樣的調調，要跟她聊開可就頭痛了，因此我放下了心中的大石頭。

「所以呢，今天要怎麼過？你說過交給你安排就是了。」

「問得好！說來這算王道的行程，我們先去看電影！妳喜歡戴士尼出品的片子吧？現在去的話正巧有上檔。」

「嗯嗯，原來如此。選得有眼光，我可以前去一看。」

「榮幸榮幸～～感謝小姐您賞臉～～」

我跟黑羽就這樣一邊耍寶一邊看向彼此的臉，然後忍不住笑了出來。

於是我們去了電影院。

看完電影以後則是午餐。當然，我挑了備有各色調味料的中式料理連鎖店，這樣就可以應付黑羽的舌頭。

下午我們到大公園繞了繞，走累就在咖啡廳休息，還只看不買地純逛街。

我們是青梅竹馬。既然跟彼此的家人都有來往，就算一起上街購物也不足為奇。

但今天不同。

跟女友第一次約會——我是用這種心態安排行程的。

大概是我下的工夫有了回報吧。

「居然可以和小晴像這樣兩人獨處，感覺好新鮮。」

黑羽說了好幾次這樣的話。

總覺得這段時光就像作夢一樣。

可是，夢有結束的時候。夢是虛幻而稍縱即逝的。

天空從暗橘色逐漸轉變成好似以藍與黑塗滿的色澤。

夜來了。那個時刻正在逼近。

在車站前的廣場上擺設有巨大的聖誕樹。樹上有可愛的飾品點綴，讓觀者的眼睛得到取悅。

如今這樣的樹身被五顏六色的燈光照亮，營造出夢幻景象。

「好美……」

替夜晚增色的聖誕樹似乎也讓黑羽受了感動。

當我如此仰望時，忽然察覺到有東西從天飄落。

「啊……」

「是雪耶……」

難怪會覺得冷。

天氣好雖好，溫度卻從早上就冷得不尋常。傍晚後風跟著變強，雲也冒出來了……隨即就形成了這副景象。

「——小黑，我有話要跟妳說。」

我開口了。

我應該已經下定決心。然而在說出來的那一瞬間，卻感受到好似要令血液凍結的寒意。

黑羽的目光曾經游移一陣子，不久就抬起了臉。

「……嗯，我有想過絕對是這樣。」

「妳依舊什麼都能看透耶。」

「那只是因為小晴太好懂而已。」

黑羽苦笑。

可是她繃著臉，手正在微微顫抖。

黑羽緩緩地摸了摸這樣的手。

「但是我不想聽。因為……因為我玩得非常開心。」

她帶著哀傷的眼神。

我的胸口變得難受，內心受到攪亂。氧氣彷彿突然變稀薄了。

「欸，晚一點再說好嗎？對了，不然等我們吃過晚飯再慢慢——」

「不行。因為我的決心快要受挫了。」

「我不要，我不想聽。」

黑羽說著就轉身背對我。

「今天是約會喔。在約會的日子，不准說甜言蜜語以外的話。」

「拜託，求妳聽我說，小黑。」

黑羽的肩膀打了個哆嗦，然後就不動了。

她沒回嘴，也沒逃避，看起來似乎默默在忍耐。

黑羽心裡也明白，她明白我要講什麼。

即使拖延也無法改變。

她就是明白這一點才沒有逃避——卻不想聽我說。

我痛切地體會到黑羽的心情。

畢竟，我的心情也跟她類似。

「讓事情——就這樣結束吧。」

我一口氣告訴她。

然而我連呼吸都很勉強，沒辦法立刻把話接下去。

「……讓什麼事結束？」

黑羽不可能聽不懂我的意思。

但我理解到她肯定是希望聽我親口說清楚。

「讓『青梅女友』的關係，到此結束吧。」

心悸嚴重，牙關正格格作響。

胸口疼痛欲裂。

我在傷害黑羽。光是體認到這一點，每次心跳似乎都伴隨著切身之痛。

「……姑且讓我聽理由。」

「之前，我說過想跟妳們保持距離吧？」

黑羽默默地點了頭。

「我認為非得跟妳們三個人拉開距離，讓自己冷靜下來，把事情想清楚。可是，小白與小桃也就罷了，妳跟我有『青梅女友』這層關係，就這麼放著『青梅女友』的關係不管，還跟妳拉開

距離，我在想這樣到底算什麼。」

「在你想出結論以前，何不當成我們的關係暫時停止呢？」

「這應該叫了斷吧。把問題懸著不處理，對妳也很失禮啊。」

「我可不覺得失禮耶。」

「我已經決定要拉開距離了，如果沒有公平對待妳們所有人，那就不老實。所以我才想讓彼此的關係告一段落。」

黑羽垂下目光，然後踢了落在腳邊的小石頭。

「果然，我之前就有感受到你的想法。小晴，真不知道該說你有莫名的堅持，還是平時做事馬虎卻格外一板一眼。」

「或許吧。但這是我拚命思考過的結果。當然，我並沒有討厭妳，也不是妳有什麼糟糕的地方。糟糕的反而是我，我才認為自己非得先置身於不會輸給誘惑的狀態，再來慢慢思考。」

「……假如說，我因為這樣就不理你呢？」

我了解。黑羽不惜以告白促成了名為「青梅女友」的特別關係，將這切斷的話，就表示彼此的關係不再特別。既然「青梅女友」可說是相當於準女友的關係，即使這讓人產生了「我把黑羽甩掉」的觀感也無可厚非。

我當然沒有甩掉黑羽的意思，這是因為認真考量到彼此往後關係才做出的決斷。

但即使黑羽對我的好感因而消退——我也得甘願承受才行。

畢竟這並不是黑羽的錯。錯在受到白草與真理愛吸引，還心生迷惘的我。

「——我會難過。」

我老實說出了自己的感受。

黑羽不理我的話，我肯定會非常難過，並且痛苦得哭上好幾天。

但既然事情就是這樣，那也沒辦法。

我之所以能夠迷惘，是因為我耽溺於女生們付出的好感。

——「因為大家願意等待而不求我的答覆，我們才保有目前的關係」。

就假設黑羽、白草、真理愛三個人都對我懷有戀愛情感——

有說法認為戀愛是被愛的一方占優勢，然而要那樣想的話，我並沒有占優勢。

畢竟我受到她們所有人吸引。由於受到吸引，使我迷惘而駐足不前。既然我任性地表示自己做不出選擇，她們隨時都有資格對我說：「已經夠了。」

一旦事情變成那樣，我便無話可說。錯在我自己要擱置問題，不做選擇。

「可是，我認為那也沒辦法。」

光是這樣接受她們三個的好感，到底只有便宜到我而已。

黑羽甚至向我告白了，她背負風險對我揭露了自己的心意。

然而我卻不用負風險，這有違道理。

「小黑，我跟妳是對等的吧？經過再三思考之後，我或許會把妳甩掉。但是妳看到我這麼不中用，或許也會把我甩掉。我害怕毀了跟妳之間的關係，不過，正因為我們是對等的，我更覺得必須釐清這些事。」

「對等……」

黑羽似乎有所掛懷，在嘴裡嘀咕起來。

「嗯，你說得對……小晴，我跟你是對等的。」

我有兩個選項。

○選項一　在我本身做出決斷前，就這樣拖拖拉拉地維持彼此的關係。

↓我會禁不起美色引誘，每當受到誘惑就心生搖擺，大有可能延後決斷。

↓還可能再次露出被迷得神魂顛倒的色樣，以至於所有女生都不想理我。

○選項二　先跟她們三個平等地拉開距離，並且保有分寸。

↓拉開距離可以遠離美色，有助我做出冷靜的判斷。
↓相對地就會享受不到福利……但總比她們都不再理我好……
↓中止「青梅女友」的關係，有可能讓黑羽誤以為自己被甩了。

我挑了「選項二」，我認為這樣比較「老實」。

結果在我心裡的是——

——不希望失去她們三個的理睬。

這樣的念頭。

我不知道往後會是什麼樣的關係，但因為她們三個我都喜歡，而且我也不希望失去她們的理睬，所以再怎麼煎熬也只能朝著自己覺得老實的那條路衝到底。

黑羽深深地嘆息，然後轉身面向我。

「……我懂了。那麼，『青梅女友』的關係就在此結束。」

「嗯。抱歉，妳好不容易才為我想出這個點子，我們兩個卻不太有機會單獨出來玩。」

「就是啊！第一次約會就在討論結束關係，太離譜了吧？」

「哎……對此我真的感到萬分過意不去……」

「事到如今，道歉又有什麼用……」

「妳有什麼感想？」

「嗯？」

「嘗試當了『青梅女友』以後的感想。」

黑羽把食指湊在下巴，並且苦思。

「精確來說，雖然我們並沒有成為男女朋友，但我體會到了當男女朋友的心境，何況我們都瞞著大家這件事啊。畢竟我們是老交情了，之前都沒有發生過這種對外保密的關係，所以……我總覺得好心動。」

「對啊，是這樣沒錯……」

或許是因為彼此都沒有交過男女朋友，這樣的關係讓我們感到無所適從。

偷偷在沒有人的地方貼在一起，或者牽手。光是遭遇黑羽那樣的攻勢，就令我心動不已。

雖然我會得意忘形，真理愛與朱音又都出了狀況，我跟黑羽就很難有甜蜜的互動，但是那確實有種在超越青梅竹馬關係以後正朝著情侶階段邁進的緊張感。

而我正在主動斷絕如此舒適的關係。

感覺實在愚蠢。

然而如果也要為白草及真理愛著想，我只能讓關係歸零。

不管會有多煎熬。

「我過得很開心喔，非常開心……簡直就像一場夢……」

我莫名其妙地哭了出來。

「笨小晴。會哭的話就別要求結束啊。」

「我懂，我根本沒有資格哭。可是——」

眼淚莫名其妙地停不住。

黑羽的眼裡同樣盈著淚水。

但她沒有哭，還使勁將嘴巴抿成一線——然後在胸前拍響手掌。

「——好，那麼『青梅女友』的關係到此完畢。」

「小黑……」

「是否要重啟『青梅女友』，或者變成情侶關係，那都是以後的事了。總之從明天起我們就是『保持距離的青梅竹馬』……懂嗎？」

「我明白了。」

我擦去眼淚，並且點頭。

黑羽明確地替我做出了斷。這樣的話，我就不能再有眷戀。

畢竟這是我自己決定的，我必須向前進。

「我們回家吧，小黑。」

「既然『青梅女友』的關係結束了，我們各自回家吧。我也不希望藕斷絲連。」

「……也對。」

「你先去搭電車，我會在這附近多繞一陣子。」

「……我明白了。」

於是黑羽跟我的「青梅女友」關係就在第一次約會告終。

但這不過是個開始。為了展開新的關係，這是必經的儀式。

雪花紛飛飄散。

在好似要結凍的寒意當中，不被容許哭的我只能一味握緊拳頭，然後踏上歸途。

我無法原諒讓黑羽傷心的自己。

*

我假裝要順路去其他店家，一邊偷偷跟在小晴後面。接著我目送小晴的背影消失在車站驗票閘口另一端，這才發出嘆息。

「他果然是為了談這件事……」

我旋踵回到了剛才跟小晴講話的聖誕樹前面。

「畢竟小晴就算外表看起來那樣，骨子裡仍是正直的……」

老實說，小晴根本沒必要跟我拉開距離。

我之所以會緊迫盯人，是因為我喜歡小晴，我希望被他所愛才會那麼做。或許小晴會因此被迷倒而露出一副色樣，但大家要是不能接受，早就從小晴身邊離開了吧。

倒不如說，可知同學與桃坂學妹都在利用小晴容易被女生迷倒的特質，還把他耍得團團轉，以便獲取自己的利益。當然我也會這樣。何者算老實想必各人自有判斷，但我本身是認為在拔河拉鋸當中並沒有善惡之分。

然而小晴並不那麼想，他想要認真地面對我們。

我不討厭小晴這樣的思考方式，他肯老實面對感情令我欣慰。

只是，我同時也會希望他能再自私一點，並且再圓滑一點。

「雖然我有做好心理準備，看他那麼難過，不就讓我跟著一起煎熬了……」

剛才忍住的淚水——沿著臉頰滴了下來。或許是因為小晴不在，使得我不由自主地放鬆了。

「我的做法，是不是錯了呢……？」

為了拉近距離絞盡腦汁，提出「青梅女友」的點子。

我自詡那是一段不錯的關係，可是要攻陷小晴仍有不足。

——問題在於時機嗎？

或許是有這項因素。

像桃坂學妹那一次出事，就屢屢讓我無法盡展攻勢。假如我在桃坂學妹出事的時候還擺出女友架子，仗著「青梅女友」的名義不停向小晴示愛，肯定已經被他甩了吧。

這表示是情敵太厲害，建立關係的時機又不湊巧，才會被迫喊停。

不過要說到原因是否只有這樣，我便沒有把握。

——問題在於積極性？

或許也有這項因素，但我對此同樣存有疑問。

「……小晴是軟腳蝦。」

對，小晴有在關鍵時刻退縮的毛病。他偶爾也會想撿現成的便宜，卻還是無法承受良心的苛責吧。哎，小晴面對可知同學或桃坂學妹的追求時，也一樣會在關鍵時刻自我克制，因此這部分不盡然能怪他。

考量到這些，我就無法斷定是因為小晴不夠積極才沒能攻陷他。

既然如此，我缺少的是什麼呢？

努力？覺悟？構想？魅力？運氣？

我不曉得。

然而，此刻我非得思考這一點。

「青梅女友」中止所造成的這份痛楚。我必須趁自己還可以感受到這種痛的時候，先找出接下來的方針。

因為這種痛，正是讓我捨棄無謂自尊心的最佳機會。

「還來得及，局面只是被扯平而已」。

現在發呆的話，真的就會輸。

剛才我已經找到了打破現狀的提示。

——對等。

沒錯，我跟小晴理應是對等的。

但仔細想想卻不是那樣。

「相較於小晴，我仍然處於做人卑鄙的狀態」。

說不定那在小晴內心深處形成了疙瘩，導致他不肯讓我跨越最後一道防線的結果。

那就拚吧。之後才懊悔也嫌太晚，我要在當下傾盡全力。

為此我必須做什麼？

沒頭沒腦地努力也毫無意義。必須思考能確實得到成果的手段，並且付出妥當的努力吧。

「我不會輸的——」

我咬緊嘴脣，然後仰望聖誕樹。

「——絕對不會。」

樹上開始積雪了。

寒風刺膚，臉頰冒出刀割般的痛。

然而我一點也不覺得冷。

第二章 迎接聖誕節

＊

我們群青同盟的成員正在著手準備迎接聖誕派對。

話雖如此，為了在派對上登台炒熱氣氛，我們主要是忙著練習表演。

當然，諸如規劃當天節目的排程以及張羅餐飲等等，還有許多的公務非處理不可，但是那大多屬於學生會的工作，因此會涉及那些差事的成員頂多只有哲彥與擔任其助理的玲菜。

為此，每天的社團活動都是在社辦簡單做個討論，確認完進度之類就立刻解散了。然後我們會分成男生組與女生組來練習要表演的節目。

「喂，哲彥，我們去堤防吧。」

我對面向筆記型電腦的哲彥搭話。

今天的討論在剛才結束了。

昨天學生會找我們商量：「有沒有好點子能在聖誕派對當天召集人手來幫忙？」到今天似乎已經敲定「將不要同盟、絕滅會、大哥哥公會派去協助」。由於這件事情報告完就結束了，討論便在短短十五分鐘內告終。

此外，那三個粉絲團現在成了群青同盟底下的組織並發揮功能，需要人手之際都會從各方進行動員。

「你等我一下。學生會提出的腳本實在太爛……」

「腳本……？」

「之前不是提過，我被瑪琳硬塞了派對主持人的工作嗎？」

「啊～～是有聽你提到這麼回事。」

這麼說來，印象中哲彥曾經抱怨：「可惡，為什麼我非得當主持人啊……」

但是有個單字更讓我覺得好奇。

「話說，瑪琳是誰啊？」

「……對喔，記得你跟那個人並不認識。」

「所以那是誰啦？」

「學生會長。」

學生會的通知事項都是由橙花轉達，因此我還沒有跟學生會長打過照面。

「咦，學生會長是叫那個名字嗎？學生會選舉時我應該有看過名字，感覺好像不一樣……」

「嗯，等你見到人就曉得了。」

從哲彥苦澀的語氣可以感受到雙方之間似乎有什麼過節。

就在我猶豫究竟該不該深究的時候——

「呀喝～～」

有個女生突然走進了社辦。

我們學校是升學取向學校，幾乎沒有髮型或髮色奇特的學生。

然而她的髮色明顯漂過，還挑染了白色。長度是中長髮，綁成側馬尾的髮型可愛又有魅力。

更醒目的是她化了無懈可擊的妝。看了她那種將制服穿得寬鬆的打扮方式，會讓人想到一個字眼。

——辣妹。

「啊，是晴仔耶～～你好，初次見面～～」

辣妹朝我揮了揮手。

然而——

「晴仔……？」

我聽不懂意思，就轉頭看了背後。

在狹窄的社辦裡，我背後只有窗戶，當然沒看見別人。

「丸末晴同學，我叫的是你☆」

「居然是在叫我嗎！」

這種裝熟的態度……原來如此！這就是辣妹！

哎，不過話說到這個分上，我也知道她是誰了。雖然想不起名字，但我曉得她的職銜。

「呃，妳、妳就是學生會長……」

「飯山鈴。叫我瑪琳。」

「嗯？瑪琳……？」

「這是從我姓名拼音擷取出來的綽號。」

「啊～～……我懂了。」

假如她的名字就叫瑪琳，那很容易留下印象，我應該會記得才對，原來當中有這種玄機。

「咦，那妳為什麼要自稱瑪琳？」

我問了以後，瑪琳就笑吟吟地一邊朝著途中的黑羽、白草、真理愛揮手，一邊接近而來。

「我的名字是單名『鈴』，從字面上難以分辨要用音讀還是訓讀，況且發音相同的單名也有不少。但如果用『瑪琳』當綽號，這樣既有個性又好記～～再說感覺很特別。」

雖然也想問：「這樣好嗎……」既然都是二年級，本人也希望別人這麼稱呼，那就無妨吧。

「呃～～那麼……瑪琳，妳怎麼會來這裡？」

「假如我說自己是來撩你幾句的，你要怎麼辦？」

社辦裡鼓譟起來。

白草與真理愛瞪向瑪琳，哲彥則是賞她白眼。

不過黑羽就冷漠以對。她一副事不關己的表情。

另一方面，玲菜感覺興致勃勃，不過從她嘀咕「哦～」這一點來看，完全就是從觀眾角度在找樂子的氛圍。之後妳等著被修理吧。

瑪琳本人露出了無疑是在挑釁的笑容。她有著辣妹獨具的嫵媚氣息，彷彿有費洛蒙正從肉感豐腴的全身散發出來。

「呃，不是吧，妳何必這樣反問……」

「啊哈哈，晴仔有過自己的粉絲團吧？卻這樣就害羞了，好可愛喔～只是逗你一下而已，有什麼關係嘛～」

瑪琳說著就托高胸部把臉湊過來。

當我實在忍無可忍而打算開溜時——

「——蠢貨！」

一道凜然嗓音在社辦產生迴響。

說得出這種台詞的女高中生可不多。

「鈴，妳捉弄末晴捉弄夠了吧。」

「啊，橙花。哎，有什麼關係嘛。」

瑪琳隨口應付以後，又朝我投以魅力十足的微笑。

「鈴……！」

站在門口的橙花一臉憤怒地走來，闖進我跟瑪琳之間。

「唉～～橙花還是這麼保守～～好好好，我離開晴仔身邊就行了吧。」

瑪琳毫不慚愧地跟我拉開距離。

橙花無奈似的嘆了氣。

「不好意思，末晴。鈴有喜歡捉弄內向男生的壞習慣。」

「看來是這樣。」

「咦～～我又不介意跟晴仔玩一個晚上～～」

哲彥從旁插嘴了。

「我先告訴你，末晴，別被這女的誆了，因為她只把男人當玩具。」

「咦……」

瑪琳把食指湊在下巴，呵呵笑了。

「討厭啦～～我才沒有把他們當玩具喔～～我只是把男女關係當成遊戲而已。下次還想再跟哲仔玩☆」

「誰會跟妳玩啊，臭女人。」

啊～～原來這兩個人是同類相斥嗎……

哲彥總是拈花惹草，然後瑪琳恐怕也很愛招蜂引蝶。

何況就我目前看到的來判斷，雙方大概都相當自我中心。

這兩個人會有衝突而留下過節，應該是合情合理吧。

難怪他們倆之間有股莫名的緊張感。

橙花打斷話題。

「鈴，講話喜歡蘑菇是妳的壞毛病。談正事。」

「好～～」

瑪琳吐了吐舌，然後移動到室內一角，向我們低下頭賠禮。

「感謝你們接下學生會這次的委託。我認為自己應該來打聲招呼，卻忙得抽不了身而拖到現在。往後還請多多指教。」

「「「「！」」」」

她並不是用剛才那種辣妹的口吻，言行舉止簡直像旅館老闆娘。正經的講話方式太令人意外，使我們不由得愣住了。

唯獨哲彥不訝異。只有這傢伙曉得她具備這樣的一面吧。

在旁邊的橙花交抱雙臂說道：

「其實我是想早點帶她過來問候的，不過她太忙了。」

「嗯？即使說很忙，學生會在這個時期的工作就只有準備聖誕派對吧？」

聲稱忙到沒辦法來這裡打招呼就奇怪了。

「鈴本身忙著推動她在學生會選舉時提出的承諾，要放寬校規對飾品的管制，所以聖誕派對這邊都是由我負責。」

「原來如此。」

這麼說來，記得橙花之前有提過。

穗積野高中的校規對於配戴飾品有一定程度的規範，並沒有特別嚴格，管的內容跟普通高中差不多。

我是不曾覺得不自由，但是對辣妹來說應該就相當受限制吧。瑪琳在學生會選舉時提出要改正校規，訴諸校方以實現放寬對飾品的管制——結果就當選了。

只不過，從內容當然可以想見後果。老師們總不能答應校規說改就改吧。

所以當時的承諾能達成多少也說不準……基本上，誰曉得有著一副辣妹外表的瑪琳是否會履行政見……我在學生會長被選出來的時候這麼想過，沒想到她好像滿認真在奮鬥。

當我思索這些時，瑪琳就賊賊地對橙花笑了。

「哦～～聽說橙花交了男性朋友，我就很好奇你們會怎麼互動，原來是這樣的調調啊。」

「……如妳所見，有什麼不好嗎？」

「沒有啊～～」

「妳 別 擺 那 種 表 情。」

這位學生會長好像是個天生的小惡魔。

橙花對瑪琳施壓，瑪琳卻只會嘻皮笑臉地敷衍。

總覺得這能看出她們倆的關係。

態度隨便的瑪琳，還有一板一眼的橙花。

如此相反的兩個人之所以交情不錯，大概是有某些地方不可思議地合得來吧。

「對了對了，晴仔和哲仔，你們兩個要上台表演的事情在女生間討論得超級熱烈，我很期待喔☆」

「是、是喔，謝謝妳。」

這個女生讓我覺得有點恐怖，不過她誇獎起別人倒是相當直接。即使她跟哲彥屬於同類，話術卻跟喜歡冷嘲熱諷的哲彥恰恰相反。畢竟對方也是橙花的朋友，或許只要在戀愛方面多留意就能和睦相處。

瑪琳轉過身。

「小黑黑，我也很期待妳們幾個喔。」

「咦，妳是在說我嗎？」

「沒錯。」

瑪琳看黑羽用手指著自己，就點了點頭。

「小白白還有小桃桃也一樣，來自男生的期待度已經飆到高點了。多虧如此，今年聖誕派對的參加人數肯定會創歷年新高。感謝妳們嘍☆」

「是嗎……嗯，那就好。」

「……也是，不枉人家努力練習。」

大家似乎都在煩惱要怎麼拿捏跟瑪琳之間的距離感。

她突然就蹦到我們面前，明明才初次見面，卻流露出已經當彼此是朋友的氣息。

平時擅於社交的黑羽也就罷了，有孤立傾向的白草以及跟同輩間少有來往的真理愛都顯得格外不知所措，回話也有幾分生硬。

「妳要交代的都講完了吧？那就趕快回去啦，諸事繁忙的瑪琳大會長。」

瑪琳不予回應，還一臉若無其事地探頭望向哲彥盯著的筆記型電腦。

「啊，你果然是在看主持派對的腳本♪」

「……是又怎樣？」

「你對內容有意見吧？」

「意見可多了。」

「這是我叫學妹寫的，可是我也覺得完成度不太理想。接著我會說出自己感覺到的問題，你順便幫忙改掉。」

「啥？」

唔哇，這個女生真猛……我第一次看見有人敢像這樣使喚哲彥……

「憑什麼要我替妳弄這些……！」

「嗯～～那我可以把派對上要當成驚喜的『那個』取消嗎？你好不容易才遊說成功的吧？」

「！」

不曉得瑪琳講的是什麼。我聽不出端倪。

不過那對哲彥來說似乎是要緊的事，他蹙起眉頭了。

「妳這女的……」

「要怎麼處理『那個』，全看我的心情。你總可以對我好一點吧？」

「……嘖，知道了。」

哲彥刻意咂嘴給對方看。

「末晴，麻煩取消今天的練習。我決定趁今天把麻煩事一口氣搞定。」

「我是沒關係啦。」

「對了，你就去陪志田她們練習啦。彼此都會想要客觀的意見吧。」

「的確呢。」

哲彥不在，我就算一個人對著鏡子練習也沒意思，偶爾跟著女生組一起行動應該也不錯。

「那我可以過去參一腳嗎？」

我問了以後，真理愛與白草就點了頭。

「好啊，當然可以，小末。」

「人家會用歌藝與舞技迷住末晴哥哥。」

她們倆對我露出微笑。

可是——黑羽沒有改變表情。

「那麼，要走的話就現在出發吧。」

「…………」

態度的冷暖落差太大，使我帶著笑容繃住了臉頰。

白草與真理愛表情驚訝地愣住了。一臉狐疑卻又無法吐槽，簡單來說就是困惑。

橙花大概是看出我們幾個之間的氣氛了，她換了話題。

「末晴，你們男生那邊是要表演唱歌與跳舞？」

「對啊。」

我懷著得救的心情點了頭。

「上次看你唱歌跳舞是告白祭的事了。我很期待。」

「噢，包在我身上。」

「我也很期待志田妳們的表演。就像鈴說過的那樣，同學們寄予的期待度相當高。要回應期待大概是件辛苦的事，麻煩妳們了。」

「……嗯，我會加油喔，小惠。」

黑羽有些口拙。看不見黑羽總是笑容可掬地包容他人的溫暖面孔。

「青梅女友」的關係結束後過了兩天。

我跟黑羽的關係風平浪靜了——理應是如此。

今天是我們中止「青梅女友」後第一天上學，也是我首度看見黑羽的臉。

然而我們的關係何止沒有恢復，還出現了從未有過的深刻隔閡。

（這也難怪吧……）

畢竟，我讓寶貴的關係化為烏有了。

我不會說自己對毀棄「青梅女友」這件事並無後悔，但我認為這是不得已。

只是——好難受。冷漠的應對刻骨銘心。

像剛才，黑羽跟橙花是朋友，因此被橙花那樣打氣的話——

『謝謝妳嘍，小惠！我會加油！』

平時的黑羽就會帶著笑容這麼說才對。

可是黑羽臉上卻看不見笑容。不只對我，連對朋友的笑容都隨之遠去了。

（難道我奪走了小黑的笑容嗎……）

平等、公正、老實——過度追求這些的我傷害到黑羽，結果是不是就失去了誠懇？即使毀棄「青梅女友」是出於不得已，我是不是還有其他做法或說詞可用？

倘若另有方式，就不用看到黑羽變成這樣了——我不禁這麼想。

但我同時也覺得自己不能因為這點事就膽怯。

因為——

（要是我從小黑、小白、小桃當中選了一個人，沒被選中的兩個人或許會比現在的小黑更難過。）

假如是我自作多情，那也無妨。但是，如果她們到時候露出的臉會比剛才的小黑更加悲傷……光想像就讓胸口感到苦悶。

「練習時間要沒了，我們走吧。」

黑羽毫無感情地說道。

她說的有道理，因此大家急忙開始準備回家，卻難免留下了異樣感。

「你們這是怎麼了，末晴？你跟志田出了什麼事？」

橙花找我說起悄悄話。

「……嗯，差不多，有許多狀況。」

我只能如此含糊地回話。

＊

「哎呀～～無論來幾次還是不習慣……」

我仰望著眼前的豪宅。

門牌上的姓氏是「可知」。

沒錯，女成員們練習表演的場地是白草家裡。

這是有理由的。

由黑羽、白草、真理愛表演的節目是這次聖誕派對的最大看頭。雖然有對外界發表她們將登台演出的消息，但是表演內容絕對要避免洩露出去。

既然如此，練習場所就成了問題。

以注目度而言，我跟哲彥就算在堤防或文化中心練習也沒問題，然而女成員這邊最好是連一丁點消息也別洩露。

考量到這方面，要找最佳的練習場所就挑上白草家了。

「小末，我們家並沒有你說的那麼了不起喔。」

「不，我覺得就是有啦……上次來這裡是拍紀錄片的時候吧……當時我滿腦子都只顧著跟以前做比較，像這樣冷靜下來站在妳家前面，看了又有不同的感覺……」

上次有「拜訪初戀女生家裡」的心動感。當然，六年前我也來過，不過那時候我是當成拜訪贊助商的家、男性朋友的家……感觸也就截然不同。因此懷念及緊張等情緒會在我的心中來來去去，怎麼也鎮定不了。

然而我現在可以比上次更冷靜地看待，或許是因為這樣，事到如今庭院的寬敞豪華還有建築物之美才進了我的眼裡。

「——歡迎，志田同學、桃坂學妹。屋裡已經準備好……嗯？」

在玄關大廳行禮迎接我們的是位女僕。女僕會一派自然地出現在這裡，應該可說真不愧是有錢人的豪宅吧。

這位女僕是短髮，特徵在於兩旁的頭髮比後腦杓還長。

「說到底就是紫苑嘛。」

「呿，丸同學……」

紫苑立刻進入戒備狀態。她擺了像是格鬥家會有的架式。

雖然身材嬌小，紫苑的動作依舊靈敏。明明在認出我以前，她的舉止都像個女僕，愛睏的眼神也顯得俏皮又可愛——

「唉～～……丸同學，你光是用看的就會讓這棟華美豪宅受到玷汙，可以請你自重點，回家嗎？」

不出所料，紫苑一看見我的臉就惡言相向。

我和氣地笑著賞了她一記金剛爪。

「嗯嗯～～這是妳該對客人說的話嗎～～？」

「投降投降！」

紫苑立刻喊了投降。剛認識的時候我還當她是女生而有所節制……如今就毫不留情了。

再怎麼鬥嘴，紫苑都不會服輸，而且吵到最後她還會擅自宣布勝利。

學到這一點的我決定立刻出手讓她知道厲害。

「唔、唔唔……」

紫苑縮成一團。我朝著她的背影搭話：

「紫苑，妳反省了嗎？」

「反省？我又沒有任何錯！所以我怎麼可能會反省呢！」

嘴硬歸嘴硬——被我用金剛爪掐過還是會痛吧。紫苑揉了揉眼睛。

不小心惹哭女生難免會覺得內疚，我搔了搔頭。

「抱歉，我並沒有打算把妳弄哭……但是妳平時總該客氣一點——」

「嘿嘿。」

我看見紫苑在奸笑，就把話打住。

「你剛才道歉了對吧，丸同學！呵呵，居然可以用演技騙過前演員還讓他反省……我真厲害，有這種嚇人的天分……」

「是是是，妳乖乖地反省吧。」

「投降投降！」

我再次使出金剛爪，紫苑就猛拍我的大腿一帶宣布投降。這個女生依舊不會思考三秒後的事耶。

都沒有人制止我，可見大家也對紫苑的性格理解得差不多了。

我觀察周圍的反應，就發現白草在嘆氣，而黑羽跟真理愛頂多只有滑起手機，彷彿把這當成了家常便飯。

「紫苑，練習的場地準備好了嗎？」

白草應該是覺得不能再這樣鬧下去了。她換了話題。

紫苑亮起眼睛以後，就挺起她那小巧的胸部。

「當然嘍，白白！完美無缺！各位請往這邊！」

說起來，紫苑只要一扯到白草就會立刻有精神耶。

再發生衝突也嫌麻煩，我就跟帶路的紫苑以及走在她旁邊的白草保持了一點距離，並且尾隨於後。

「妳看怎麼樣，白白！」

「謝謝妳幫了很多忙呢，紫苑。」

「既然是為了白白，這是當然的啊！」

紫苑自信滿滿地秀出了準備用來跳舞的客廳。客廳裡有大型電視，已經設定好可以立刻播放練習用的影片。

說來在六年前，這個房間的電視前有擺沙發。不過沙發目前大概被收起來了，因此不見蹤影，相對地則是鋪了舞蹈用的軟墊。軟墊周圍的地板都擦得晶亮，甚至到可以照出臉的程度，還擺著毛巾、運動飲料、室內鞋等一切所需的物品。

（雖然紫苑的言行讓人覺得很「那個」，辦事倒是挺牢靠的嘛……）

我骨折的時候，紫苑做出的問題行為多得數不清，然而她做的飯很美味，洗衣打掃更是比黑羽俐落。世上的事情似乎不能只看其中一面就論定呢，受不了。

「那趕快開始練習吧。小末，我們想換衣服，可以請你離開一下嗎？」

「好，我明白了。」

我點頭轉身以後，紫苑立刻就站到我的旁邊。

「那我先幫各位監視丸同學。」

「紫苑，別若無其事地講出監視這種聳動的字眼好嗎？我根本沒有打算偷窺啊。」

「你真的敢斷言自己完全沒有任何一絲絲那麼做的意願嗎，丸～～同學？」

「唔——」

可惡，居然難得被紫苑戳中問題的本質。

「畢竟白白是美女，身材又好，邪惡的丸同學會想偷看也是在所難免。不過，可惜這裡有我在！」

紫苑把手指湊到額頭，雖然看不懂那是在搞什麼，但她擺了個帥氣的姿勢。

「丸同學靠天生的演技巧妙地掩飾了邪念，因此除了我以外應該沒有人察覺到吧。然而我只要用天才的頭腦就能看透一切！邪惡必滅……你明白了嗎！」

「喂，妳說誰是『邪惡』？」

我使出了金剛爪，並且直接把紫苑拖向走廊。

「啊，小白，我會代妳好好教訓紫苑一頓，放心吧。」

「……麻煩你盡可能溫和理性，之後我也會跟她說清楚的。」

「怎麼這樣，白白！」

比起我的攻擊，白草的一句話似乎對紫苑造成了更大的打擊。

紫苑變得意氣消沉，所以我就放開她了。

「唉……丸同學，這全都是你害的喔。」

「先說清楚，那可是我的台詞，妳懂不懂？」

「我投降我投降！」

「這樣根本沒完沒了嘛！小末還有紫苑，你們都從房間離開！」

因此，我們被趕出來了。

受不了，每次扯上紫苑都會惹出麻煩，所以才令人困擾。

我一面嘆氣一面環顧周圍。

氣派寬廣的走廊，陳列了壺以及繪畫，與平民家庭差多了。多虧如此，再沒有比這更讓我不自在的了。

「唉～～丸同學，杵在這裡也沒用，你能不能幫幫我？」

「嗯？」

「我放學先回來，為白白她們烤了餅乾。希望你能幫忙端給大家享用。」

「是喔，那我倒不介意幫忙。」

杵在房門前閒著也是閒著。

我讓紫苑領路到了廚房。

只是即使稱作廚房，也不能想像成普通家庭那樣。正式講究的調理器具一應俱全，要表達的話應該叫調理室比較正確。非常寬廣而整潔的一間廚房。

當我到處張望時，紫苑就指向盤子。

「那塊盤子還有那塊盤子，能請你端過去嗎？」

「好。」

盤裡盛著樸素的奶油餅乾與巧克力餅乾。另一方面，紫苑從冰箱端出了義式奶凍。她還拿了鮮奶油並用道具在奶凍上逐步擠出花樣。

「紫苑的內在明明是那樣，真不知道為什麼會懂得做料理……」

「丸同學真是笨耶。唉～～算了。既然這次找你過來幫忙端點心，請用吧。」

紫苑遞來另外用小碟子盛的餅乾，乍看跟我準備要端去的餅乾屬於同一種。

（……啊，這是失敗作吧。）

形狀跟盤子裡盛的不一樣，顯得比較醜。大概是因為烤失敗了才會請我吃吧。

「喔，謝啦。那我開動——」

差點吃下去的我警覺到了。我所認識的紫苑是會大方招待我吃這種東西的女生嗎？我心想。

（這麼一想，她會爽快地帶我到廚房也很奇怪……）

開口請我幫忙也有古怪之處。

這不像紫苑的作風。那麼，符合她作風的行為會是什麼……？

「！」

我得出某個結論，就放下原本已經伸到嘴邊的手。

「怎麼了嗎，丸同學？」

「紫苑，妳能不能吃吃看這碟餅乾？」

「！」

紫苑臉色明顯發青，然後悄悄地轉開視線。

「你、你說什麼啊？我是在招待你耶，你應該心懷感激吃下去吧？」

「哎呀，我想妳肯定是接到了小白聯絡，早就知道我今天會來這裡。」

「那又怎麼了嗎？」

「這麼一想，我就有了不好的預感……再看見妳剛才的反應，那種預感就變成了篤定……」

「丸同學，憑你那水蚤般的腦袋無法正確掌握到現實吧？那純屬臆測，你趕快吃——」

「妳說誰的腦袋像水蚤？反正妳吃就對了啦。」

「噗唔！」

我應用鎖喉功的技巧抓住紫苑的下巴，然後逼她張嘴將餅乾吃下去。

「——咕唔！」

紫苑趴到地上。

她的嘴巴看起來紅紅的，可以想見裡面是摻了超辣的刺激物吧……

「妳還是一樣過分耶，紫苑！」

「唔唔唔唔！」

唉，看她露出不甘心的臉倒是滿好玩啦。

所以我就這樣丟下紫苑，把餅乾端去客廳。

*

不可以妨礙到白草，這應該是第一要務吧。練習開始以後，紫苑就跟著變安分了。

目前黑羽、白草、真理愛正在練習符合聖誕節情調的抒情歌。這是總一郎先生提供的原創曲，因此聽起來並不熟悉，但我認為是相當好的一首歌。

舞步不算華麗，只有簡單的舞步與可愛的手勢。

「小末，有沒有讓你在意的部分？」

白草在曲子結束以後向我問道。

「整體來看，與其說哪裡好哪裡不好，我覺得需要更多的練習。」

「原來如此。」

白草點頭後立刻做了筆記。她這種坦率的特質很像狗狗。

「要個別給評語的話，小白好像有點太過專注於動作，聽得出心思無法放在唱歌上。我這麼說的意思是必須練習到能讓動作自然出現，所以問題就回到了一開始說的練習量。」

「人家表現得怎麼樣呢？」

真理愛打斷般朝我拋過來。

儘管現在是冬天，然而她已經流了汗，感覺比平時還要熱騰騰的。

我不禁心動了一下——但現在的我很冷靜。

畢竟跟黑羽的隔閡導致我心灰意冷。

「抱歉，小桃。麻煩妳保持距離。」

我太過淡然地要真理愛離遠一點，似乎讓她嚇到了。

她先是睜大眼睛，接著——陷入了沉思。

「唔唔唔……」

「妳唔唔個什麼勁嘛。看吧，如同我之前說過的，錯在妳不肯謹守分寸喔。」

當我看著苦瓜臉的真理愛以及一臉得意的白草，露出苦笑時，背後有聲音叫住我們。

「欸，夠了吧？要不要再來練習？」

聲音的主人是黑羽。

「小晴也說我們練習量不足啊，現在要多累積練習次數才可以。」

黑羽說的話正確無誤——然而，問題在於她不肯跟我對上視線。

不行。黑羽無心間的每一個言行舉止都讓我感到落寞。

「啊，小黑……」

大概是因為落寞，我忍不住叫了她。

「怎樣？」

拋回來的視線——她那眼神是多麼冷漠。

有笑容，但是沒有感情。

在取消「青梅女友」關係之前，我們也有過生硬的互動。

但那時候大約是「同班同學」的距離感，如今——落到了「陌生人」等級。

寒風吹過，冷得彷彿足以讓人忘記過去的溫暖。

「那個，我是想告訴妳，剛才看了練習讓我覺得妳歌唱得好，舞步卻有些地方亂掉——」

「……哪裡？」

「就是，副歌的部分。」

「……是喔，原來如此。我會試著注意，謝了。」

「啊，好的，哪裡哪裡……不客氣。」

好痛苦。我跟黑羽講話從來沒有這麼辛苦，連吵架時都沒有嘗過這種苦。

（沒想到中止「青梅女友」的影響會如此深刻……）

人際關係並無法輕易連接或分離，這跟結婚與離婚都無法輕易辦到是一樣的。就算彼此達成過協議，也根本不會回復原狀。一度打破的杯子是沒辦法完全復原的。

（不行，我得想想辦法……）

我希望跟黑羽好好談一談。

我們只是需要保持距離並謹守分寸。畢竟我喜歡黑羽，也沒有甩掉她的意思。我是不是有必要跟黑羽把這一點講得更清楚，好讓她理解呢？

「那、那個，小黑，回去時要不要跟我談一下？」

「談？談什麼？」

「我也答不出要談什麼……就算閒聊吧……」

「嗯～～小晴目前希望保持距離，那就沒什麼必要閒聊吧？」

「啊、啊哈哈，說得也是～～……」

「重要的是我們得練習表演。小晴，你可以照自己的步調回家喔，畢竟你本身也要練習。」

「好、好啊，謝了……」

我沒辦法再多說什麼。

後來我陪她們練了約一個小時，也有幫忙指點，但結果我決定先一步回家了。

因為黑羽淡然見外的態度太令人難受。

「…………」

「…………」

我並沒有發現。

白草與真理愛都默默地望著我無精打采地回家的背影。

＊

末晴離開後，眾人在白草家進行的練習更加專注，幾乎都沒有人開口就練到了晚上七點。

決定休息之際，白草開口了。

「練到現在差不多要做最後衝刺了，假如大家都想多努力一下，我可以連妳們的晚餐一起準備喔。」

真理愛先是思索，然後點點頭。

「……感謝妳的提議，人家接受這份美意。」

「……那麼，我也留下來練習。不過在妳家吃太正式的餐點也不好意思，麻煩替我準備飯糰一類的輕食就好。」

「我明白了。紫苑，能不能拜託妳呢？」

「知道了，白白。」

紫苑行禮並從房間離開。

正在做開腿伸展操的白草目送紫苑以後，把視線轉向黑羽。

「志田同學，妳是不是該做個說明了？」

「說明什麼？」

「妳對小末的態度。那算什麼？之前妳是在遲疑，那我可以理解，但現在——妳是在迴避他吧？」

「嗯，是這樣沒錯啊。」

黑羽偏過頭，態度彷彿在說：那又如何？

真理愛立刻從旁吐槽。

「真敢說……什麼叫是這樣沒錯！黑羽學姊那麼冷漠還可以讓末晴哥哥主動搭話，人家積極貼過去卻惹他生氣……這太奇怪了！」

「——不，並不奇怪。」

真理愛抬頭望向白草。

「志田同學，敢問這就是妳之前提過的『北風與太陽作戰』之效……對不對？」

白草瞪向黑羽，真理愛隨之回神。

集在場視線於一身的黑羽——自信地笑了。

「嗯，說得對。妳的表達方式算是最貼切的。」

「妳擺一副沒精神的臉跟那個副會長講話，莫非也是為了博取同情？」

「真過分耶。當時我單純是沒什麼心情笑而已。」

原本一邊伸展手腳一邊講話的黑羽站起身，並且往後仰。

「起初我就提議過要一起把小晴甩掉的整人企畫吧？我採取的行動本身跟那並沒有多大差別啊。但妳們不是都拒絕了嗎？」

「唔——」

白草退縮了。

真理愛一邊伸出手臂一邊說：

「對了，黑羽學姊在我們拒絕的時候，有說過『妳們說不定會改變心意』……表示妳從一開始就料到局面會這樣發展？」

「道理說起來並沒有多複雜吧？用推的不行就改用拉的試試。我認為自己在向妳們說明整人企畫時也有提過耶。」

「但是我沒想到那居然會這麼有效果……」

白草緊咬嘴唇。

「與其說效果如何，人家更覺得黑羽學姊實在有一手。這種策略，即使明白有效也很難實行。白草學姊，妳做得到嗎？」

「只要對小末冷淡就行了吧？那、那很容易——」

「真的嗎？」

故作從容的白草被真理愛問得臉色發青了。

「妳真真正正地認為對末晴哥哥冷淡很容易？」

「那、那個，我想還是不容易……」

黑羽看白草態度軟化，就嘆息了。

「所以呢，妳們倆覺得如何？」

「黑羽學姊，妳指的是？」

「我是指整人企畫，妳們要參加嗎？」

白草與真理愛沉默下來。

「我無法一直對小晴冷漠，而且我也不想。或許妳們倆看我這樣會覺得什麼事都沒有，但我現在其實承受著足以造成胃痛的壓力喔。」

黑羽舉起手給另外兩人看。

她的手——正在微微顫抖。

「哎，想想也對……」

真理愛傻眼似的回話。

「我想找個能讓事情告一段落，並且跟小晴親近的契機。從這點來想，整人企畫正好合適。我希望靠整人企畫對小晴造成打擊，讓他收回『跟我們保持距離』的結論。這對妳們倆來說想必也不是壞事，難道不行嗎？」

「…………」

「…………」

白草與真理愛之所以沉默，是為了刺探對方的反應。

彼此應該會先拒絕，然後再推翻原本意見的做法都被黑羽預測到了。事態發展完全如其所料，使她們倆有種「被黑羽操弄於手掌心」的不快感。

但她們也不能輕易拒絕。因為除了這個方案，目前並沒有其他方式能打破被末晴拉開距離的局面。

白草與真理愛照目前的立場，似乎都無法與末晴更親近。另一方面，黑羽則打動了末晴的心，甚至讓他積極地找黑羽講話。

那她們倆從現在起跟著對末晴冷漠就行了嗎？答案是否定的。

跟風仿效黑羽已經做過的事也不會有多大效果，況且若沒有導火線就冷落末晴，或許會讓他以為自己是單純受到嫌棄。

（儘管這或許有風險——）

（看來也只能配合黑羽學姊了——）

白草與真理愛一面交會視線一面對彼此點頭。

「我明白了。雖然順妳的意會讓我不舒坦……」

「是啊，看來也別無他法。黑羽學姊，人家姑且先聲明一句，不能偷跑喔。」

「那是我要說的台詞。」

三個人就這樣再度聯手了。上次她們並肩作戰是為了對抗末晴的粉絲團。

「那麼，我希望逐項講定細節。」

「必須請哲彥學長協助對吧。」

「等我們談攏到一定程度再跟那個男的說。反正只要舉行投票，在這裡的三個人就能拿到過半票數，先穩固作戰會比較好。」

「也對。讓哲彥同學插嘴的話，計畫也許就會走偏。」

「我還怕他走漏消息讓小末知道。這是要突然發動才會有效的作戰。」

「既然人家擔負了風險，要行動就得確實拿出成果才行呢。」

「那麼，先聽我設想的細節好嗎？」

白草和黑羽點了頭。

三個人換完衣服，就在餐桌展開研討。話題在晚餐期間依舊持續，結果晚餐後過了兩小時才結束。

＊

「……阿哲學長，真的要這樣嗎？」

「認命吧。妳也答應過了啊。」

「呃，當時算是被阿哲學長趕鴨子上架才答應的……我還以為那是半開玩笑……」

「我看起來像是會在這方面開玩笑的人？」

「就是因為不像才要再三確認喲。」

晚上的社辦。

傍晚前末晴等人跟學生會成員曾在這個房間七嘴八舌，如今只剩哲彥與玲菜。

社辦桌上擺著玲菜平時用來綁頭髮的髮圈，旁邊的椅子上則掛著制服。

「……嗯，果然這樣就沒有問題。妳要相信我。」

「即使阿哲學長叫我相信……」

「妳到國中二年級時不是還說過想當偶像嗎？」

「我並不是患了中二病，那應該要叫偶像症候群……」

「就算那樣，妳為什麼打消了當時的目標？」

「……阿哲學長不會跟任何人說吧？」

「不會啦。雖然我常常說謊，但我自認都有守住跟妳的約定。」

玲菜忸忸怩怩地張開沉重的嘴。

「記得那是在阿哲學長剛從國中畢業沒多久，我模仿媽媽表演，還有勇無謀地……拍了影片上傳到網路。」

哲彥睜大了眼睛。

「然後呢？」

「只有胸部得到觀眾的回應。雖然播放數才一千出頭就是了。」

「……這樣啊。」

「客觀來看，我就是缺乏天分喲。容貌、歌喉、運動神經、性格、個人的光彩……要什麼缺什麼。」

「妳居然把自己侷限住啦。」

「我才沒有，這就是現實喲。我並不是自卑才這麼說。阿哲學長能了解吧？畢竟只要看過志田學姊她們就一目了然，有天分的人是像她們那樣喲。」

「……玲菜。」

「啊～～啊～～講出來會像這樣讓人情緒低落，所以我才不想提。我本身已經接受那樣的現實了，只求阿哲學長別為難人啦……」

哲彥嗤之以鼻。

「耍蠢啊。夠了，總之妳練就對了，少在那邊推三阻四。表演的檔次都已經跟瑪琳講好要保留給妳啦。」

「阿哲學長，你有把話聽進去嗎……？我都說自己沒天分了……」

「但我就是聽完才更要逼妳上台表演啊。」

「不不不，這樣牛頭不對馬嘴啦。」

「哪有？難道說，聖誕派對非要有職業天分的人才可以上台表演嗎？」

「………」

「倒不如說，正好相反吧。妳長大以後會更難站上舞台，趁現在就算出糗了也可以讓人一笑置之，所以我才叫妳表演。」

「但、但是——」

「這是學長的命令。我要妳上台讓人笑。」

「唔唔～～太霸道了啦～～」

「我就霸道。」

「……我會懷恨在心喲。」

「噢，儘管恨到妳滿意。還有，恨完以後——妳就上台盡情揮灑吧。」

「唉～～……」

玲菜發出深深的嘆息。

哲彥露出冷笑。

然而玲菜卻從他的眼神感受到了溫暖。

＊

志田家雙胞胎照例來幫我打掃的日子。

我坐在自己房間的椅子上，向蒼依訴說自己宣布要保持距離後發生的事。

蒼依則在我的床上坐下，默默地聽著。

「……就這樣，能與她們保持距離固然是好事，我跟小黑相處卻出了問題——」

我幾乎毫無隱瞞，唯獨與「青梅女友」相關的部分都沒說。因為我根本沒有向蒼依提過「青梅女友」。

「之前我說要保持距離，果然太過火了嗎……？該不會小黑已經對我感到『怎樣都無所謂了』……？妳想嘛，不是都說女生內心有個開關嗎？即使交了男朋友，只要切下開關認定這個男生不行，以後就完全不會理對方。看雜誌上是這麼寫的。」

「雖然不是說沒有那種開關，我想黑羽姊姊這次的情況並不是那樣喔。」

蒼依露出可愛的苦笑。

蒼依的苦笑不會讓人反感。那是包容對方而露出的苦笑，因此看了並不會覺得被否定吧。

「我不知道黑羽姊姊的本意，但是行動本身好像稍微能體會。」

「什麼意思？」

「要說的話，我覺得之前都是黑羽姊姊在追求末晴哥，雖然應該是關係失和的原因出在黑羽姊姊身上才會導致如此。」

原來如此，仔細一想或許是這樣沒錯。「謊稱失憶風波的積極行動」以及「每一句語尾都要強調喜歡我」，正是黑羽內心有愧而展開的猛烈攻勢吧。

「但是那並沒有得到回報，這次末晴哥還宣布『要保持距離』。這樣的話，黑羽姊姊會覺得白忙一場也不奇怪。她是不是認為自己再怎麼努力，可能也沒有意義呢？」

「照妳這麼說，表示小黑現在自暴自棄了？」

「對呢，差不多就是這個意思。」

「……有可能耶。」

雖然沒有向蒼依提到，跟黑羽的「青梅女友」關係被我取消了。實際上，狀況遠比蒼依想像的更容易出現徒勞感。可以想見，那正是讓黑羽嘔氣認為「什麼都無所謂了」的充分理由。

「沒有對策能因應嗎？」

「我覺得末晴哥可以試著隔一段時間看看。現在就算找黑羽姊姊講話，她恐怕只會覺得：『事到如今還有什麼好說？』」

「的確……啊，可是迴避她並不好吧？」

「迴避的做法感覺會是一劑猛藥。假如黑羽姊姊肯從正面解讀，被末晴哥用同樣的方式對待，或許能讓她發現自己傷你傷得有多深。不過，我個人覺得被視為『你用這招來報復』的可能性比較高。」

「嗯～～……」

猛藥是個準確的形容。

固然確實有改善的可能性，但如果黑羽快要不在乎我這個人了，或許就會加深她的情緒，真的把我貶為完全不在乎的人。演變成那樣就太恐怖了。

「總之我還是照平常的方式對待她吧……」

「靜觀其變恐怕也很重要，有的問題可以靠時間解決。或許等待並不符合末晴哥的個性，但需要找人商量的話，我都願意奉陪。」

蒼依害臊似的微笑。也許她覺得自己說了大話，臉頰有一絲紅潤。

「居然得找讀國中的女生商量感情事……抱歉，我真是靠不住……」

「不會不會！請別這麼說！平時都是末晴哥為我打氣，我真的很高興自己能夠幫上忙！」

蒼依拚命鼓勵我。

這份溫柔療癒了我的心。

「謝啦。小蒼，妳真的是個好孩子。」

「才、才沒有那種事……其實，我是個壞孩子……」

「啊哈哈，壞孩子不會說這種話啦。」

「晴哥！蒼依！我煮好了！」

朱音的聲音。她從一樓叫我們。

我們對彼此點頭以後就到了廚房。

「怎麼樣，晴哥？」

「噢，噢～～……」

我會發出難以形容的聲音，是因為料理的外觀不太理想。

味噌湯看起來不錯，但是鮭魚就烤得滿焦。裝在鍋子裡的筑前煮則是把蔬菜切得尺寸異常一致，反而令人害怕。

「稍微烤焦了耶……」

「那、那個……我都有設定好烤爐的時間……」

「啊，抱歉，那是我家烤爐害的，有時候它就是會把東西烤焦，所以要在途中確認烤得如何會比較保險……」

「原來是這樣……」

朱音沮喪地垂下肩膀。

（糟糕……）

朱音從上次來打掃時就說過要挑戰烹飪，所以今天她甚至拜託我們讓她下廚。

據說朱音放學回家後就立刻去超市買菜。

當我到家的時候，朱音已經在著手做飯，幫忙打掃的蒼依則告訴我：「今天朱音想要自己做所有料理，所以我負責觀摩。」

朱音的集中力驚人，即使跟她搭話似乎也聽不見。因此我沒有到廚房插手，而是先跟蒼依合作將家裡打掃完。

然而朱音那時候還在做飯。既然如此，我便假裝要繼續打掃自己房間，請蒼依陪我做戀愛諮詢了。

「好不容易煮好的，讓我試試味道。」

我迅速拿了小碟子，用湯勺舀起味噌湯含到嘴裡。

「……好喝！」

「！」

朱音睜大眼睛。

我也朝筑前煮伸出筷子。

「喔，妳滷的菜也很好吃耶！」

「真、真的嗎……！」

「對啊。謝謝妳嘍，朱音。魚烤焦是我家的烤爐有毛病罷了，妳別在意。」

我摸摸朱音的頭，她就把臉別開。

「那、那就好。因為我的火候調整應該是完美才對……」

太好了。雖然她不讓我看表情，從這種語氣聽來，感覺她心情已經變好了。

朱音好不容易幫我做了飯菜，我從一開始就應該誇獎她的。要反省。

「末晴哥，我來添飯。」

不愧是蒼依，在我們講話的時候還幫忙配膳。

「謝啦，小蒼……呃，妳怎麼了？」

蒼依悄悄地扶著肚子。

「啊，我沒事，沒有什麼。」

「我有胃藥，要幫妳拿過來嗎？」

「沒關係，我真的不要緊。」

「？」

蒼依若無其事地添飯。

我跟朱音望向彼此的臉，並且不解地歪過頭。

＊

聖誕夜近在隔天。

起初同學們都心想「學生會主辦的派對能有什麼看頭……」而敬謝不敏，如今因為群青同盟的女成員會上台表演，大家都無法忽略，已經沒有同學敢一笑置之了。

「不曉得志田同學會穿什麼服裝上台～」

「果然還是要穿應景的聖誕裝吧？」

「總之希望她穿得夠辣！」

「我推的是可知同學，懇求服裝能盡量多露腿。」

「不不不，能烘托出真理愛有多可愛的俏麗服裝才是眾望所歸啦。」

「啥？你這傢伙說什麼鬼話。」

「要來打一場嗎？」

處處都掀起了對於表演的期待和慾望，聖誕派對在學校裡已經成為當紅話題。

還有，末晴與哲彥也在女生之間造成了一定程度的話題。

「我有點期待甲斐同學跳的舞呢。」

「雖然他的性格差勁到極點，外表還是好看嘛～～感覺能保養眼睛。」

「丸同學是職業表演者，所以沒有人不期待。」

「甲斐同學跟得上丸同學嗎？丸同學在告白祭的舞藝超俐落耶。」

「感覺甲斐同學是有那個能耐。他平時只是不拿出真本事，其實什麼都會吧？」

「唉，只求他不花心……」

話題的主角是群青同盟的眾成員。

不過也有其他表演者的話題穿插在內。

「在籃球社當過副社長的岸本學長好像要獻唱耶。而且唱完後，他好像還打算當眾告白。」

「真的假的。不過，明天只是單純開派對，跟告白祭不一樣吧。他卻要在那種場合告白？」

「話是這麼說沒錯，不過當天是聖誕夜吧？他會在舞台上告白吧？再加上驚喜造成的效果應該會跟告白祭同等，據說這就是他打的如意算盤。」

「是喔～～虧他這麼敢衝～～」

「反正三年級在這個時期幾乎都不用來學校，告白成功就算賺到，不行的話就畢業互道再見啦～～他好像把這當成高中的最後一次挑戰。」

「說來也是。假如明年還有派對，我也考慮衝衝看吧……」

放學後，體育館裡所有窗戶都拉上了遮光窗簾。這是為了讓明天的節目表演者能有宛如正式上場時的彩排環境。

「～～♪～～♪」

大音量的旋律飄揚於體育館。

聲音外洩了，導致聽見的同學們興致勃勃地聚集到體育館周圍。

「我們看一下裡面的狀況嘛。」

有個學生這麼嘀咕。

「喂喂喂，不好吧。」

「可是我好奇嘛。看一下而已。」

當男同學這麼說著把手伸向門的瞬間，門就從內側猛然打開了。

「——蠢貨！」

學生會副會長——橙花一開口就予以喝斥。

男同學被她這句話嚇得發抖。

「你看不見這張告示嗎？」

體育館門口貼著「閒雜人等禁止進入」的告示。

「啊，沒有，那個……對不起！」

同學們一哄而散。

「受不了，真拿這些傢伙沒辦法。」

橙花嘆息著回到體育館後，把門牢牢關上。

舞台上有男同學們正在賣力唱歌。

舞台角落還能看見古怪的光景。哲彥與身為學生會長的鈴正盯著一張紙進行討論。他們倆之間似乎有什麼過節，要說的話，橙花也曉得是哲彥單方面排斥鈴。正因如此，若非兩人都有參與活動，出現這種光景是違反常理的。

橙花想起了去年的聖誕派對。

當時她擔任書記。舞台沒有用到，所以布幕是拉上的；現場也沒有人唱歌，所以只隨便找了J－POP播放。連幫忙的工作人員都找不到，得由學生會成員一股勁地搬椅子到會場。冷清成那樣不免讓人心想：難得有機會辦派對，就不能辦得熱鬧點嗎？

但是──今年截然不同。

活動有生氣，甚至明明彩排會場禁止進入，還有人聚集而來。

「……很不錯嘛。」

幸好有提出向群青同盟求助的主意──橙花如此心想。

＊

我和哲彥掛了頭戴式麥克風，正在舞台上跳舞。

快節奏的舞曲音樂，這在總一郎先生提供的樂曲中聽起來最帥氣，所以我不做他想就選定了，然而要搭配舞步相當吃力。

我對舞蹈本身有自信，甚至舞步也比哲彥先記熟了，但體力實在不是一朝一夕就能培養起來的。這次表演的最大難關就是要如何克服這個問題。

一起跳舞的哲彥比我有體力，運動神經也好。哲彥恐怕對我的長處與短處都瞭若指掌吧。肯定是因為他有強過我的部分，才會贊成挑這首舞曲。

「——♪」

曲子在姿勢擺定的同時結束。

儘管是冬天，我已經流了滿身大汗。

「噢噢噢……」

經過片刻寂靜，周圍湧上了掌聲。

在場的不是學生會成員就是活動表演者。

雖然只有大約三十人，但幾乎每個人都送上了掌聲。看來我們似乎相當受矚目。

「搞定啦，哲彥。」

「不，我跳錯了一個地方，另外後半部也有稍微跟不上拍子的部分。要趁明天正式表演前多練習，提升精確度。」

「……是嗎？」

我跟哲彥練舞發現了一件事情。

他意外地嚴格。

平時哲彥都嬉皮笑臉，嘴巴又不饒人，即使在一般講話該含蓄的場合，他還是照樣開嗆。從這部分來看，就算哲彥被評為「討厭鬼」也怪不得人。

不過這次他並非批評者，而是表演者。

既然如此，也就令人擔心哲彥是否會寬以待己，在練習的時候混水摸魚，但他完全沒有那麼做。不，我反倒赫然發現原來哲彥對自己要求這麼嚴格，從剛才的評語恰好聽得出來。

哲彥確實跳錯了一個地方，也有稍微跟不上拍子的狀況。

但那是因為我把整套舞步記熟練完了才感受得到。派對會場上的人們只看過一次，恐怕頂多只會覺得有一絲絲不對勁吧。

別看哲彥這樣，或許他對演藝方面是有誠心的。他平時給群青同盟製作的影片出意見毫不留情，大概就是貪求「趣味」所致。

「末晴哥哥，你跳得太棒了！毛巾給你！」

「噢噢，謝啦。」

我接下真理愛遞來的毛巾，擦了擦臉。

「…………」

我的目光不禁飄向站在真理愛後面的黑羽。

按照節目排程，黑羽等人原本就排在我們後面，所以她們三個都待在舞台旁。黑羽會站在那邊固然是合情合理——

「……抱歉。」

我打住跟真理愛的交談，並且找黑羽搭話。

「小黑，妳有看我跳舞嗎？」

「嗯，當然有。真不愧是小晴。」

「是、是嗎？謝啦。」

黑羽依舊冷淡。

口頭上是在誇獎我，卻只有表面配合。任誰都聽得出來她明顯沒有懷著心意。

「接著換我們了，我想讓精神專注一下。你還有什麼要講的嗎？」

「這、這樣啊。抱歉跟妳搭話。」

「沒什麼好道歉的啊，我才要說對不起。」

黑羽說著就從我身邊離開了。

……胸口好難受。「青梅女友」的關係取消以後，我一直受到黑羽冷漠對待，每次都讓我感到揪心。

我從懂事前就跟黑羽在一起，彼此共享了許多時間。

我們一起歡笑過好幾次，也吵架過好幾次，更會互相勉勵打氣。

然而，如今——

一深思就難受得淚腺放鬆。假如不是在人前，或許我已經哭出來了。

（不知道該怎麼辦才好……）

演變成這樣，全都是我的錯。

我被三個女生吸引而無法抉擇。這使我認為自己非得公平對待她們，所以就取消了「青梅女友」。黑羽並沒有任何過錯。

（那麼，回歸「青梅女友」的關係就行了嗎？）

事情應該沒那麼單純。基本上就連能不能回歸都成問題。

我該做的很簡單，那就是選定一個對象。

選定以後就心無旁鶩地向前進。

然而越是想像未來，我就越覺得恐怖。

比方說選了黑羽——

『——不要。』

我也有可能被這樣甩掉。

還可以想見我會被落選的另外兩個人討厭，並且一輩子斷絕來往。

『小末，別再跟我講話。原本我是喜歡你，但你選擇了志田同學，所以我無法再跟你相處。我討厭不肯看著我的小末，就連臉都不想看見。永別了。』

『末晴哥哥，人家決定轉學。人家想要跟你在一起……因為喜歡你……才轉學過來的。但既然沒被選上，人家實在太難受，也就無法待在這裡了。人家不希望再見到你，往後即使在錄影時碰到面，也請你對人家視而不見。就這樣。』

說不定她們會這樣告訴我。

（不無可能啊……）

既然我選了某個人，或許這也無可奈何，但這樣的結局太令人難受了。

目前這些都沒有跳脫妄想的範圍。即使如此，也無法斷言絕對不會發生吧。

（我該……怎麼辦才好……）

手指僵了。

顫抖從內心油然生起，我咬緊牙關，在雙腿使足了力氣。

*

彩排完全結束，活動表演者隨之解散。

由於哲彥還兼任主持人，當他用紅筆註記今天彩排時介意的部分時，黑羽招手叫住了他。

「哲彥同學，來這邊！」

白草與真理愛都在黑羽旁邊。

末晴剛從體育館離開。哲彥看出她們應該是有事情想趁末晴不在時討論。

「怎樣？」

哲彥移動到沒有別人的舞台旁以後，就被黑羽、白草、真理愛圍住了。

「之前談的整人企畫，準備得沒問題吧？」

黑羽逼近問道，哲彥便搔了搔頭。

「是啊，我跟瑪琳講好了。妳們在意的話，要不要順便確認到時會用的小道具？」

「……也好，來確認吧。」

「保險起見，人家也想確認。」

哲彥秀出了整人企畫的手舉牌以及「信」。

她們三個都默默地確認。

不久三人點了頭。

「嗯，這樣就沒問題。」

「明明是隔天的事，我卻開始心悸了。」

「太早了喔，白草學姊。話雖如此，這有種不同於拍戲的緊張感呢……」

哲彥聳起肩膀。

「重要的是，交換條件就麻煩妳們了。」

「知道啦。畢竟這是機密，我們在休息室與移動時都會守約。」

「甲斐同學居然會提那樣的主意，我到現在還覺得意外……」

「有什麼關係呢，人家熱烈贊成。化妝道具就由人家提供。」

「拜託妳們嘍。」

三個女生服氣以後，就一臉滿足地離去了。

當哲彥目送她們時，忽然有個站在體育館角落的男學生進了他眼裡。

哲彥不由得蹙起眉頭。

（……不會錯。那是阿部。）

對方不動聲色。他是個醒目的存在，即使在門口站一下就被人包圍也不足為奇。

然而——不知道阿部從何時就待在那裡了。

閒雜人等禁止進入。不過憑阿部的人脈與人氣，要讓學弟妹偷偷放他進來應該也是可行的。

（畢竟他是末晴的死忠粉絲，大概是想看我們彩排才溜進來的吧……？）

當哲彥猶豫要不要出聲搭話時，阿部注意到他了。阿部露出笑容朝哲彥揮手。

「…………」

哲彥決定當成沒看見。

「好，接下來要忙的是……」

「哎呀，露骨地無視人未免過分吧？我會心痛喔。」

哲彥旋踵——中途就停住了。

都決定要裝作沒看見了，真受不了這個依舊不識相的學長。

「那樣的話，我想學長試著回顧自己平時的言行會比較好喔。」

阿部把手湊到胸口，宛如進行神聖儀式的姿勢。

閉上眼睛思考了足足三秒鐘以後，阿部嘀咕：

「幸好，我想不到任何令人在意的言行。」

「啊，是喔，學長這麼想嗎！你在那裡會礙事，能不能請你早點回去呢？」

哲彥尖酸十足地說道，阿部就一臉不在乎地回話。

「也對。干擾到你們也不好……『反正最後的確認也完成了』……」

「最後的確認……？」

令人有負面預感的台詞。

「我很期待明天。掰。」

阿部留下跟往常一樣爽朗得可疑的笑容後就離開了體育館。

＊

我望著學生會發放的聖誕派對簡章。

對開式的簡章右半頁記載著活動流程的簡介，左半頁則寫了舞台表演的節目。

右半頁內容簡略來說是這樣：

＊＊＊＊＊＊＊＊＊＊＊＊＊＊＊＊＊＊＊＊＊＊＊＊

【學生會主辦　聖誕派對】

地　　點：穗積野高中體育館

開　　場：下午五點

聖誕派對：下午五點三十分～晚上八點

參加條件：穗積野高中的在校生

服裝可穿便服

一、開場問候　下午五點三十分～
二、舞台特別表演　下午六點～
三、舞台特別表演　驚喜節目　下午六點三十分～
四、舞台特別表演　群青同盟　晚上七點十五分～
五、特別企畫！內容是祕密！　晚上七點四十五分～
六、閉幕問候　晚上七點五十五分～

※舞台表演之間有休息時間
※舞台表演已截止報名

＊＊＊＊＊＊＊＊＊＊＊＊＊＊＊＊＊＊＊＊＊

我看著簡章，無心間想起了去年聖誕夜。

這麼說來，我還記得哲彥講過一些毫無營養的屁話。

『我啊，很討厭聖誕夜。店家都人擠人，約會要協調行程就夠累的。我真的希望能跟心中所屬的對象一起悠哉過節，所以跟妳見面才會刻意避開聖誕節當天喔。這套藉口也快要行不通了，真想拜託那些女生放過我。』

不用說，我聽完就立刻賞了哲彥肚子一拳。

去年班上同學也都很安分。雖然聽得到聖誕節的話題，有聲有色的活動倒不多。

即使街上裝飾得再漂亮，還播著過節必備的音樂，事實就是高中生充其量只能吃個烤雞或蛋糕，根本沒有發生新鮮事的預感。

但是班上在今年聖誕夜的氣氛就不一樣了。

「欸，你們別說出去，這次的驚喜節目有我出場，好好期待吧。」

「啥？那是什麼名堂？」

「有一段節目的表演者與表演內容都沒有事前揭露啊。你們不知道嗎？」

「那樣能有什麼搞頭？」

「好像有人猜是蒙面上台表演絕活之類，不過似乎也有滿多人打算耍帥唱歌冷不防地嚇嚇大家。」

「所以你也打算玩那一套？」

「我要秀自己的好嗓子，這樣今年的年末就……唔呵呵。」

全校的情緒都在浮動。總覺得瀰漫著一股歡樂氣息，讓我隨之雀躍。

「喂，丸。」

結業典禮後，我在教室裡跟人閒聊，就被小熊從走廊招手叫過去。那波也在他的旁邊。

我納悶他們有什麼事，然後湊了過去。

「有什麼事情嗎？」

「我跟那波今天各自要上台表演，你也知道吧？」

「知道啊，記得你們倆是要唱歌嘛，而且還是原創歌曲來著？」

剛才我看簡章時有發現他們倆的名字。小熊與那波都是「二、舞台特別表演」的表演者。表演節目有寫到他們要獻唱原創歌曲，當時我還心想：「啊，真後悔注意到這個節目～」

順帶一提，我之所以到現在才發現他們倆要唱歌，是因為我只對自己與黑羽她們的彩排有興趣，彩排時就拖到自己上場的前一刻才進去體育館。

「『不要同盟』裡有人懂作曲，所以『不要同盟』全體成員就一起填詞了。」

「…………」

某方面而言，只聽開頭就有不好的預感也是滿厲害的。

「意思是歌由小熊來唱，但是『不要同盟』全體成員都會上台嗎？」

「對，他們跟所謂的伴舞類似。」

「……那波的表演也是同一種性質？」

那波撥了撥自己長長的瀏海。

「呵……沒錯。」

「…………」

欸，說真的，我越聽越只有不好的預感耶。

我突然對某件事感到好奇了。

「對了，喬治學長呢？」

「那個人是應考生喔。不過聽說動畫研究社會推出ＭＡＤ，或許他多少有參與。」

所謂ＭＡＤ就是將既有的音訊、遊戲、圖像、影片、動畫片段加以剪輯合成，進而重新編排出來的影片。

「啊～～簡章上確實有動畫研究社的名字。」

在「二、特別舞台表演」的節目中有寫到動畫研究社的名字，還介紹是要公開影片。

雖然不知道他們製作了什麼樣的影片，準備這種需要製片技術的節目倒是讓我覺得有研究性社團的風範。

「然後呢，提到最根本的疑問，你們倆怎麼會專程過來告訴我這件事？」

我搞不懂這一點。

小熊及那波要表演自己喜歡的節目沒什麼不好。

儘管黑羽的粉絲團「不要同盟」與白草的粉絲團「絕滅會」都未取得當事人認同，目前姑且都屬於群青同盟旗下組織。為此我也想過他們是不是來向群青同盟做確認的，然而那些工作都歸哲彥掌管。我完全不明白這有何意義。

小熊豪邁地張開大嘴笑了。

「我們要向你展現自己的為人之道。你也在談一段坎坷的戀愛，不過加油吧。」

我捏住眉心，做了深呼吸。

「……先說清楚，我可沒有把哲彥當成真命天子喔，那是求方便的說詞喔。」

小熊對我投以洋溢著同情之意——卻又好似打從心裡關愛對方的眼神。

找死嗎？

「我明白。所以你不用那麼賭氣地否認。」

「呵，正是如此。我們都是為愛不求回報的戰友……你別介意。」

「光從台詞或行動來看會覺得你們都是好人，感覺超不爽耶！」

受不了，這些傢伙依舊不聽人講話！

有說法認為人只聽得進有利於己的話，儼然就是像他們這樣。因為我明白他們除了懷有誤解之外並不算壞人，感覺更是無言以對。

結果小熊和那波似乎只是想叫我看他們的表演，話說完就匆匆回自己班上了。

「……好，鄉戶，我們今天來搞一樁大事吧。」

「……有罪。」

看來宇賀跟鄉戶也在打什麼主意……

「小黑，我們真的很期待妳今天的表演喔。」

「對呀對呀，小黑，畢竟妳超會唱KTV，在群青同盟的宣傳片也表演得很棒。」

「別說了啦～～被妳們像這樣提高門檻，我上台就不好表演了～～」

黑羽又跟朋友們聊得正熱絡……

「白草同學，期待妳今天的表演。」

「芽衣子，妳會來看嗎？」

「是的。我很期待喔。在沖繩攝影那次好像讓妳累壞了，這次怎麼樣呢？」

「當然不輕鬆啊，但是比上次像樣。我到現在還是不習慣站在眾人面前……不過我也很期待

小末的表演……嗯，感覺並不壞。期待派對揭幕。」

「呵呵，那真是太好了。」

白草與峰的感情似乎依舊融洽。

該怎麼說呢，這種氣氛。

我認得這種感覺……彷彿勾起了懷念……

對了，這是文化祭前會有的氣氛。演唱會及電影開始前，或者得知自己喜歡的節目會在今天播出時，說起來也算相同的心境。

充滿了應該有樂子在前面等著的期待感。

（我喜歡這種感覺耶。）

我也跟著湧現了要好好表現一番的想法。

＊

到了傍晚。

體育館是從下午五點開場，表演者在那之前會進行最後的確認。

一般入場的學生幾乎都會在結業典禮後先回家一趟。這是因為距離派對開場還有段時間，還有聖誕派對並不是上課，因此學校認同我們穿便服參加。

這似乎是現任學生會長瑪琳大力推動的成果。她承諾要「放寬對飾品的管制」，還熱心地推行校規改正，因此她好像在考量這次的聖誕派對能否當成墊腳石利用。從她不著痕跡地把活動利用於自己的政治意圖，就可以感受到果真與哲彥屬於同類。

「橙花，外面狀況如何？」

「嗯，已經有不少人開始排隊了。在學校看到那麼多同學穿便服，總有不協調的感覺呢。」

現在是開場前三十分鐘。由於我是表演者，早就進來體育館了。

活動後半段才會輪到我上場，因此我只跟哲彥簡單確認過行程，目前閒著沒什麼事可做。會先上場的表演者都已經換好衣服。我穿上表演服會不方便到處走動，所以現在就還是穿制服，之後再找時機到社辦換裝。

預定跟我一起表演的哲彥還有主持工作，所以忙得很。女成員們則需要化妝等等，做起準備遠比我費事。因為這樣，當我在工作人員手忙腳亂地準備點心及擺設櫃台的會場裡閒晃時，碰巧遇到了從外頭走進會場的橙花而找她搭話。

「……橙花，話說有一件事讓我稍微感到好奇。」

「什麼事？」

「紫苑那模樣是怎麼了？看她乖得像到別人家的貓。」

橙花揪著紫苑的頸子。跟紫苑牽扯上都會搞得很麻煩，起初我便忽略了她的存在，但是難得看她這麼安分，我現在對她已經好奇到其他事情都無所謂的地步了。

「其實，我和鈴還有大良儀會在驚喜節目上場。」

成為問題焦點的紫苑別開臉，而且緘默不語。她似乎是打著無視我的主意。

「……咦？」

「接下來我們要做最後的確認，她卻說：『自己已經練到完美了，根本不需要確認，還不如去探望白白那邊。』所以我就把她抓過來了。」

又來了，紫苑毫無根據的自信心。橙花也真辛苦。

「呃，妳會跟瑪琳搭檔是可以理解……怎麼連紫苑都有一份？」

「起初是鈴提議：『只有群青同盟上台表演不公平，所以我們也代表學生會在派對上唱首歌吧☆』」

「我大概能想像。」

瑪琳說話的模樣躍然浮現於眼前。倒不如說，我甚至會臆測她是因為自己想上台，才打算設法炒熱聖誕派對的氣氛。

「然後，我當時正好發現大良儀在可知後面跟蹤。與其讓她玩那些無聊的花樣，還不如叫她協助表演，所以大良儀就被我拖下水了。」

「——喂。」

這天外飛來一筆的發展嚇到我了耶！

「橙花，這未免太勉強了吧。基本上，憑紫苑的腦袋怎麼可能把歌記熟啊？」

「哼！」

紫苑一腳踹向我的小腿。

「唔喔喔！」

我痛得在地上打滾。

「丸同學講話真是不懂含蓄呢！唱歌這種事，當然難不倒身為天才的我！」

「……咦～～」

多麼讓人信不過的發言啊……無法期待到這種程度也算罕見的了……

當我露出傻眼的表情時，沒想到橙花卻變得和顏悅色。

「不要緊，末晴。因為大良儀是個肯拚就有能力做到的女生。」

「沒錯！惠須川同學果然跟丸同學不同，有識人的眼光！呵呵呵，簡單說就是這麼回事！」

「剛開始大良儀也跟我耍賴過就是了。但是可知會上台表演，妳不上台好嗎？──被我這麼一問，她就突然有鬥志了。」

「啊，原來如此……」

「既然白白要上台表演，相當於姊姊的我跟著上台也是很自然的吧！」

我望著滿臉得意的紫苑，心想：

（厲害，橙花在掌握紫苑這方面有夠熟練……）

這麼說來，橙花跟紫苑同班，記得她的立場類似於監督者。橙花在牽扯到粉絲團那次只會發脾氣，但現在她似乎學會用白草名義管好紫苑的技巧了。實在有一手。

我想起了「誇獎若有術，豬也會上樹」的俗諺。

「橙花，妳來一下好嗎？」

「嗯？」

我隔了一段距離向她招手，她就交代紫苑在原地等待，然後來到我旁邊。

「妳把紫苑拖下水的用意是什麼？」

「……我從平時就覺得應該有效運用大良儀的活力。」

「啊，這我能理解。該怎麼說呢，她只有生命力……應該說蠻勁特別強。」

「反正放著不管的話，她只會惹出跟可知有關的麻煩，所以我從一開始就把她留在視線可及的範圍了。」

「這我也能理解……但妳真正的心聲是？」

「……因為鈴堅持要上台表演，怎麼勸都勸不住。一起上台的人越多，越能減少我受到的注目，所以我希望盡可能多拖一個人下水。」

「品行端正的學生會副會長跑去哪裡了！」

大家心目中公認的風紀股長怎麼會淪落到這種地步……

「畢竟我也是個人，我也會有見不得人的心思。」

「妳會老實講出來就讓我覺得夠正直的了……」

「我認同你這個朋友才會跟你發這種牢騷。話雖如此，若是少了『有效運用大良儀的活力』和『希望把她留在自己視線可及的範圍』這兩個理由，我就不會拖她下水，所以你放心吧。」

「……這樣啊。總之妳監督紫苑也辛苦了。」

監督紫苑就只有麻煩而已。我覺得自己絕對做不來。

橙花低調地扛起了這種吃力不討好的差事，她會任性地想多拖幾個人下水，反而比較符合人之常情。想到這裡，我也覺得橙花可以多多使喚紫苑。

「所以說，妳要上台唱歌是吧？什麼樣的歌啊？」

「…………」

橙花突然臉色嚴肅。

我戰戰兢兢地問：

「……怎麼了嗎？」

「有一件事，我希望先跟你說清楚。」

「什麼事？」

「這是我身為朋友的心願，也是我希望你無論如何都要守住的約定。」

「所以是什麼事情啦？」

「拜託別看我表演。」

「——我要看。」

在我立刻回答以後，時間停止了一瞬間。

我就知道橙花肯定會說這種話，所以我立刻做出要看表演的宣言，以免她反駁。

「喂，末晴！你為什麼要那麼說！」

「既然妳會那樣拜託我，一定是要做可愛的打扮對吧？」

「唔唔！」

「很像那個學生會長會有的主意。既然如此，我總不能錯過吧？」

「不行！你別看！」

「有什麼關係嘛。我們是朋友吧？」

「你別把朋友這個詞用來圖自己的方便！」

「橙花妳剛才也打算用來圖自己的方便吧？」

「唔唔唔！」

我所認識的橙花居然會慌成這樣，看來她真的很不想讓我欣賞表演。

所以這代表非看不可吧——我如此心想。

「紫苑，小白在社辦嗎？」

待命的紫苑閒閒坐在地上，我便朝她搭話。

我會認為白草在社辦，是因為群青同盟的相關人員都把社辦當休息室使用。

「從時間上來想，白白應該在那裡沒錯……啊！丸同學，難不成你想去偷窺？」

「真要跑去偷看的話，我就不會多作聲啦！呃，我只是在想，妳會不會知道同盟的女成員們狀況如何。」

「對呢，留在這裡也是閒著，我去看看狀況。」

「──慢著。」

準備動身的紫苑被橙花揪住了頸根。

「妳是打算直接躲起來吧？那樣要抓到妳可就累了。妳跟我一起去鈴那邊。」

「咦咦～～」

我看著她們倆互動，就露出了賊笑。

「掰，橙花。很期待看妳上台表演喔。」

「慢著，那是什麼意──」

話說到一半，橙花察覺被自己揪住的紫苑的存在了。

「唔，你是為了避免被我勸阻才利用大良儀──」

「誰曉得呢。」

橙花一開始說教就是長篇大論，因此我想出了利用紫苑讓自己開溜的策略。

「末晴，你給我記住……」

「知道啦。我會記得妳上台的時段以免錯過。」

「唔唔唔……」

我難得在口舌上贏過橙花，就心情絕佳地趕在她反擊前離開現場。

*

時鐘的針指向下午五點整。

體育館特有的沉重門扉發出金屬摩擦聲，緩緩地打開了。

「那麼，活動要開場了！請各位先到櫃台登記！桌邊有簡章，沒拿到的人可以任意索取！」

我從體育館二樓望著同學們魚貫入場。

體育館二樓完全只有舞台表演者才能進入。這是為了讓換好服裝的表演者能安心看其他人表演所做的考量。因此除了我，還有幾個表演者也從上面望著會場。

在會場內可隨意飲食，但禁止攜帶外食入場。另外，垃圾都要丟棄在指定的地方，喝飲料灑出來會有滑倒的危險，所以要小心——諸如此類的注意事項都密密麻麻地寫在簡章背面。一看就曉得這應該是橙花經手過的部分。

我將視線落在手裡拿的簡章上。

要提到我認識的人有什麼表演節目——

【二、舞台特別表演】

・宇賀及鄉戶表演的搞笑劇

・小熊與那波，還有其餘志願者的歌曲獻唱

・動畫研究社製作的ＭＡＤ上映會

大概就這些吧。

每項表演都難以想見會引發什麼樣的慘劇，全讓人鬆懈不得。

心情複雜的我既想看又不想看，但因為有種不祥的預感，便決定統統看一遍。

「小末，原來你在這裡。」

有聲音從背後叫住我。

回頭望去，披著長大衣的白草就在那裡。

「啊，小白——妳換完衣服了啊。」

「嗯。」

白草顯得忸忸怩怩。恐怕是換上表演服感到不自在的關係吧。

「歌曲我在陪妳們練習時聽過了，服裝卻完全沒看過。是什麼樣的款式？」

「既然你到現在都不曉得，我希望你一直期待到表演正式開始。想先偷看是好色之徒喔。」

「唔……我說那些話又沒有非分之想。」

我注重彼此的距離感，對於不檢點的行為也就有所克制。

白草應該是注意到這一點了，她立刻向我道歉。

「啊，對不起。小末，之前我都刻意避免看你練習，所以我也希望你能比照辦理，不由得就開口勸阻了……」

「這我曉得，不過昨天彩排妳也沒看嗎？」

彩排時，白草她們排在我後面，所以我記得她待在舞台旁。不過聽白草一說，當時她是離得比較遠沒錯。

「是啊。我沒有從容得能看別人練習也是原因，畢竟我本來就不適應這種活動。」

我覺得自從宣布「想保持距離」以後，白草跟我都維持著良好的距離感。

白草原本就正經八百，跟我幾乎沒有戀愛性質的接觸。難道白草喜歡我？我會有這種疑慮，主要是因為她總會在黑羽或真理愛積極追求我時大發脾氣。白草之所以在我骨折時餵我吃飯或者獻身照顧我，應該也只是愧疚自己害得我受傷才做出了大膽的行動。

像這樣保持朋友間的理想距離，我就看得出來，白草的想法是「單純討厭當過童星而受她崇拜的我被女生迷得神魂顛倒，對我並沒有什麼戀愛方面的感情」。

雖然感到落寞，現實就是這麼一回事。她跟願意向我告白的黑羽以及有一半形同已經向我告白的真理愛不一樣。假如我選擇向白草告白，被甩掉的可能性遠比黑羽或真理愛高——這一點我必須先銘記在心。

「末晴哥哥～～！」

「——唔哇！」

我突然被人從背後擒抱。我直接摔了一跤，落得被對方撲倒在地的態勢。

只有一個人會做這種事。

「小桃！妳怎麼突然撲過來啊！」

「咦～～因為人家的愛不小心迸發了嘛。」

「妳跟我的姿勢變成這樣可不妙！」

「因為今天是聖誕節，不要緊的。」

「這跟聖誕節沒關係吧！」

真理愛用粗呢大衣遮著表演服。

不過大概是因為她穿迷你裙，腿從膝蓋以下都光溜溜的。在這種狀態騎到我身上，粗呢大衣就掀開了，纖細美腿的線條暴露在外。

「……唔！」

我不由得臉紅——但我立刻冷靜下來。

我不想在聖誕節數落人，卻實在無法默不作聲。

「小桃，不可以這樣。」

我收斂表情，抓著真理愛的雙肩將她輕輕挪到一旁。

「末晴哥哥……」

真理愛應該是從臉色的嚴肅程度感覺到我在生氣，她並未抵抗，而是帶著不安的臉退開。

「那、那個～～人家的舉止會更端莊一點的……」

「真的嗎？」

我冷冷地說道。

「明明說過好幾次要自重，妳卻跟小黑或小白不一樣，完全不肯聽進去吧？」

「那、那算是人家在戰略上的差異……」

「結果妳就是覺得我會拗不過妳而容許吧，小桃。」

「唔唔！」

似乎被我說中了。

哎，真理愛會那麼想也是可以理解。畢竟我以往都拗不過她，總是被迷得不小心就露出一副色樣。

但現實是白草聽得進我的意見，也願意保持距離。

至於黑羽——

她們三個對於我說的話都做出了不同的行動，反應顯現的差異讓我的理性猛然運作，使我不再是平時那個「拗不過女生的我」。

「對、對不起……以後人家會注意。」

「謝啦。妳肯理解就好。」

這件事就此結束，然而無法抹去的尷尬卻留了下來。

對話間出現的些許空檔。

我不由得確認四周。

「……志田同學再過一陣子才會來喔。」

「！」

彷彿心思被看透的台詞嚇到了我。

「小白，妳怎麼知道我在想的事？」

「沒為什麼。」

「太恐怖了吧！」

我的行動常常被黑羽料中。

可是居然連白草都能料中我的心思……從正面積極的角度來想，這也可說是我們交情變親密的證據吧……

「她說想讓心情平靜下來，要在社辦多待一陣子，還說等表演開始就會來二樓這裡。」

「是、是嗎？原來是這樣啊～～……」

連我自己都覺得空虛。

即使知道黑羽不在現場，我還是對她的想法在意得不得了。

我跟黑羽同班，無論我想不想都會看見她跟同學對話的身影，那時候就會看見她的笑容。

沒錯，正因如此，我才難受。

那副笑容並不會向著我，讓我感到難過。

（奪走笑容的人是我。）

一冒出這種念頭，冷汗便從全身湧出，心跳隨之加速。

所以我會忍不住找尋她的身影。

我跟黑羽至今吵過好幾次架，而且也一路和好至今。所以只要不死心地一再找黑羽講話，她是不是就會像往常一樣帶著傻眼的臉對我說「哎喲～～！」呢？我捨棄不掉這樣的期待。

簡直像戒斷症狀——我心想。

目前彼此都有節目要表演，所以姑且得把全副心力投注在那上面。但是等那結束以後，就要趕緊修復跟黑羽之間的關係——我無法不這麼想。

＊

回神以後，體育館已經被穿著便服的學生擠翻了。反倒是原本大排長龍的櫃台附近總算沒人了，之前忙著應對的學生會成員都轉往處理其他工作，只留了一個人。

我待的體育館二樓也四處可見身穿舞台表演服的同學們在談笑。

那波也來了，他還跪到白草跟前。

「可知白草……今天我們表演的節目，妳一定要看。」

「……啊，是嗎？」

依舊不領情的應對方式。那波被投以頗為凶悍的視線，一看就知道白草沒興趣。

然而——

「啊啊，可知白草果然美極了——」

那波近乎高興到極點。

這傢伙已經沒救了。別管他吧。

平時總會一塊出現的小熊就在那波身邊，但他正東張西望，看來是在尋找黑羽有沒有到場。

「真理愛、丸學弟，晚安。」

這次換喬治學長現身了。

「啊，喬治學長，辛苦了。你怎麼會來這裡？」

「沒什麼，這次動畫研究社推出的節目，是由在下擔任製作顧問。」

「是嗎？原來如此。」

「其實呢，實質上那是由『大哥哥公會』製作的。」

「……果然是那樣嗎？」

我隱約有感覺到。明明小熊、那波都積極參與活動，只有喬治學長沒動作就讓人覺得奇怪。

「丸學弟也務必要看看！」

「好啊。」

目前依然只有名稱最可疑的「大哥哥公會」是唯一得到真理愛本人認可的粉絲團，這差點讓我笑出來。唉，儘管喬治學長本身在粉絲團領袖當中看起來最危險，但他反而算最正常的人，可見其頭銜只是反映了他那不可思議的角色定位。

突然間，會場那邊鼓譟起來。

轉眼看去，原因似乎是哲彥出現在主持台上了。

時間是下午五點三十分。

——聖誕派對要開始了。

「啊，啊～～」

麥克風發出尖銳回音，使得大家繃緊臉孔。

多虧如此，全場注意力一舉集中到哲彥身上。

……照哲彥的個性來想，或許他是故意引發回音的。

會場播放的J－POP音量被調弱。

「歡迎來到這場由學生會主辦的聖誕派對。我是被指派為主持人的群青同盟領袖，甲斐哲彥。今天我們準備了好玩的企畫，好好期待吧。就這樣，請多指教。」

明明擔任主持人，居然不用敬語……我是這麼想，但或許要這樣才符合哲彥的作風。

會場的同學們大概也有跟我一樣的想法，起初送上的只有感受得到遲疑的零星掌聲。

然而——

「別用這種半吊子的方式拍手！來，讓我聽見你們的掌聲！」

哲彥劈頭就朝觀眾喊話，一舉將全場納入自己的領域。

啪啪啪啪啪！

轟動的掌聲籠罩會場後，情緒就不可思議地HIGH起來了。

哲彥順勢繼續說道：

「首先學生會長要做開場的問候！你們大概會覺得無聊，不過她姑且是這場活動的主辦者！就讓她講到滿意為止吧！大家在這段期間可以自己找點心吃！」

……天曉得這傢伙到底要不要認真主持。

不過辦活動就是要HIGH，感覺總比莫名嚴肅好吧。

被哲彥用誇張的方式介紹以後，穗積野高中引以為豪的辣妹會長，飯山鈴——通稱瑪琳就站到舞台中央。

「來嘍～～大家的瑪琳會長來了～～☆所有人都玩得開心嗎～～？」

……厲害。哲彥的主持口吻相當不照規矩，但她在某方面已經超越哲彥了。

我不記得其他校內行事有聽過這麼辣妹風格的問候，以前瑪琳上台都是怎麼說話的？

啊～～對喔，她到群青同盟致謝時，就只有謝詞內容規規矩矩，其他時候差不多都輕佻成這樣。她肯定會視場合需求改換講話方式。

不過有點驚人的是，瑪琳這樣問候並沒有讓場子冷掉。這個女生即使用這種方式講話也不足為奇，更沒有不協調感——她散發出來的氣場足以讓人如此認為，還能幫助大家放鬆情緒，簡直跟諧星一樣。這也可以說是了不起的天分吧。

「今天是聖誕夜，我們準備了最棒的派對，所以大家要期待喔☆活動滿載了許多的驚喜！開心地一路玩到最後吧☆無聊的場面話就此結束～～☆」

話說完，瑪琳比出V字手勢，然後腳步輕快地走下舞台。

（感覺她從頭輕佻到尾耶……）

不過這在今天是可以被容許的，畢竟是聖誕夜。

開場就有哲彥與瑪琳用這種調調帶活動，加深了這場活動有心讓大家放鬆的印象。

之後，舞台表演開始前的空檔是讓所有人談笑的時間，不過多虧他們倆出來講話，氣氛顯得相當熱絡。大家一面讀簡章，一面開心地討論等會兒有什麼節目。或許哲彥與瑪琳要的就是這種氛圍。

我也不由得樂了起來，就決定偷偷到舞台旁看看狀況。

當我一邊向舞台旁邊負責管控表演者的學生會成員問候，一邊探頭張望時，就發現宇賀跟鄉戶正在讀劇本。

他們是用只有自己聽得見的微小音量在排練。看得出手會發抖，牙齒也咯吱咯吱地在嘴裡打架。我看著看著都覺得神經變得比他們還緊繃。

但我喜歡這種緊張感。在舞台兩側就是可以看到這種幕後百態才令人無法自拔。

「啊，姓丸的。」

「嗯？」

宇賀跟鄉戶朝我看了過來。

只要我在教室跟黑羽或白草氣氛一好，這兩個人便會被嫉妒之火焚身，動不動就要對我採取暴力的言行，簡單說就是跟我作對。

他們倆看見我，顫抖就馬上停住了，眼睛還露出凶光。

宇賀跟鄉戶說道：

「……姓丸的，你看著吧。」

「……有罪。」

總覺得有種超級不好的預感……

我攤開了原本捲起來塞在長褲後口袋的簡章。

對對對，這兩個人表演的是搞笑劇。雖然宇賀跟鄉戶平時並不屬於耍寶逗大家笑的那一型，但我猜他們大概本來就喜歡看諧星表演吧……

這時候，蜂鳴器響起。跟電影院開演的音效一樣。

會場的音樂漸漸消失，同時燈光也逐步轉暗。

活動是採立食派對形式，因此當然不能調得太暗。不過這樣的呈現方式已經足以讓大家注意舞台上。

「好啦，讓你們等待已久的今年聖誕派對的重頭戲——舞台特別表演要開始了！上台的全是想出風頭而主動報名的笨傢伙！他們究竟會得到讚賞或招來嘲笑，就讓大家好好看一看吧！」

哲彥扮演起這種角色依舊合適。他巧妙地帶動了現場的情緒。

不過問題是滿足觀眾的門檻被一舉提高了。要在這種氣氛中登台亮相，還滿苛刻的耶……

「那麼，第一棒是二年B班宇賀跟鄉戶帶來的搞笑劇！你們鼓掌歡迎吧！」

被哲彥這樣喊話，無論觀眾甘不甘願都會掀起掌聲。

蒙受廣大期待的宇賀跟鄉戶站到了擺設於舞台中央的麥克風前。

「那……我們要開始了。」

宇賀的聲音在飄。一看就知道他不習慣上舞台。

當我咕嚕吞下口水以後，宇賀便說道：

「丸末晴的有罪發言集。」

「！」

他說……什麼？剛才這傢伙說什麼……？我好像聽見了「丸末晴有罪發言集」這個詞……？

宇賀朝舞台旁望了一眼。

那是在確認我有沒有在看表演。證據就是目光交接的瞬間，宇賀居然對我露出了一抹凶狠的笑……！

宇賀把視線轉回觀眾那邊，並且將嘴巴湊向麥克風。

「被可知白草『啊～』地餵東西吃的丸末晴。」

他旁邊的鄉戶扭了身，還作勢用筷子夾東西到宇賀面前並且說：

「來，小末，啊～……」

……是的，噁心到不行。看得出他在模仿白草，然而跟本人的落差實在太大。

宇賀則對此回答：

「欸，小白，這樣實在不好啦……」

在旁邊的鄉戶立刻大喊：

「有罪——————！被美少女餵東西吃，什麼叫『這樣實在不好』！」

「哇哈哈哈！」

……什麼跟什麼啊～為什麼會戳中觀眾的笑點呢～我的內心可是一片淒涼耶～

「接著，我們要表演在下課時間看見桃坂真理愛來班上時的丸末晴。」

鄉戶從麥克風前站遠一步，然後撲過來靠近宇賀。

「末晴哥哥～～！」

「妳不要每次下課都跑來啦！」

「有罪————！理想妹妹來找自己玩，發什麼脾氣！我們都知道你其實暗爽在心裡啦！」

「哇哈哈哈！」

……說真的，為什麼這會戳中觀眾笑點～～明明我都湧上殺意了～～

然而，這當中有個問題。群青同盟受託要炒熱這場聖誕派對的氣氛，既然他們倆是拿我當消遣的題材，某方面也算履行了我們接到的工作。

（唔唔唔，可是，演成這樣未免太……）

當我如此思索的時候，通往後台的門驀地被人猛然打開了。

「讓開！」

「呀啊！」

管控舞台兩側進出的學生會成員被一招撂平了……！

現身的人是白草。

面容有如厲鬼。白草眼裡冒著血絲，坦白講我不想扯上關係。

然而我很清楚她為什麼在生氣，因此總不能不攔住她。

「欸，小白！妳冷靜點！」

「小末，你讓開！我非要讓那些傢伙滅絕！」

「我懂妳的心情就是了……！」

當我抓住白草手臂拚命按住她的時候，又有新的人物到了現場。

「請問～～人家可以打擾一下嗎……？」

是真理愛。表情已經黑化，還飄散出瘴氣。

「把他們打扁沒關係吧，對不對？」

「冷靜下來，小桃！」

我急忙抓住真理愛的手臂攔住她。

這段期間，宇賀跟鄉戶的搞笑劇仍在進行。

「接著我們要表演的是被志田黑羽聞味道，之後還在害羞時被半開玩笑地示好的丸末晴。」

鄉戶把手交叉在背後。女生做就很可愛，臭男生來做就只有噁心的動作。

他直接把鼻子湊向宇賀，並且嗅了嗅味道。

「怎樣，你在害羞嗎，小晴～～？你也有可愛的地方嘛。大姊姊喜歡你這一點喔。」

「說、說說說什麼喜歡啊。妳那種身高還想自稱大姊姊。」

「有罪————！聽女生說了那麼令人羨慕的話，你還在鬼扯！活膩啦，你這顆長歪的臭茄子！」

「哇哈哈哈！」

「…………」

好像也沒必要制止白草跟真理愛了嘛……我開始覺得這兩個傢伙有必要好好被訓一頓了……

笑聲傳出後沒過多久，我就聽見急速逼近的腳步聲。

「剛才那是在表演什麼！」

不用說，來的人是黑羽。

她化了淡妝，還披著用來遮表演服的大衣。這又是一張連惡魔看見都會光腳開溜的修羅之相。老實講，我已經想逃了。

「小黑，妳也冷靜啦！」

「說什麼啊，小晴！你也被嘲弄了吧！有必要袒護他們嗎？」

「這個嘛……」

「哎，無論小晴怎麼想，似乎也沒有手段攔得住我。」

我用右手抓著白草，左手則抓著真理愛，生不出第三隻手。

宇賀跟鄉戶依然在舞台上表演搞笑劇。

「有罪————！多希望嫉妒誰就能讓誰死～～～～！」

「哇哈哈哈！」

「………」

總覺得袒護他們的自己真是傻子。

我鬆手以後就放開了白草與真理愛。接著我懷著打氣的用意，靜靜地把手舉向舞台。

而黑羽、白草、真理愛依序輕拍我的肩膀。那彷彿是在安慰，讓我濕了眼眶。

「好，接著我們要表演——噫！」

「唔哇啊啊啊！」

宇賀跟鄉戶尖叫了。

從反應看來，他們似乎沒料到局面會演變成這樣。或許這兩個傢伙以為消遣的對象是我，就不會惹她們三個生氣。

但你們想想看嘛，光是被你們模仿就夠屈辱的喔。

應該任誰都覺得「這兩個人死定了」。會場工作人員、觀眾都轉開目光裝成沒看見，呈現出無人肯出面阻止的慘狀。

「宇賀同學、鄉戶同學，不好意思在你們正式表演時打擾，可以請你們過來一下嗎？」

「是啊，我們有重要的事想談……事關重大呢。」

「對，這項表演就到這裡為止了！啊，燈光技術人員，麻煩將燈光關掉～～！」

「「噫噫噫噫噫！」」

宇賀跟鄉戶被她們三個拖到舞台旁邊帶走了。

＊

儘管頭一個表演就發生了黑羽、白草、真理愛衝上台的意外狀況，神經夠粗的哲彥還是若無其事地繼續活躍於自己的主持工作，舞台表演就順利地進行下去。

我從舞台旁回到了體育館二樓。雖然我喜歡舞台旁的氣氛，不過離上場還有時間卻待在那裡會妨礙到其他人。

後來黑羽她們也回到二樓。

宇賀跟鄉戶倆呢？如此心想的我環顧一樓，就發現他們待在會場角落。那兩個人正面對牆壁屈膝坐著發抖。至於發生過什麼……應該還是別問比較好。

來到二樓的三個人各有動作。

黑羽在跟要上台表演的朋友聊天；白草戴了耳機盯著手機，從手腳頻頻抖動這一點來看，應該是在對今天的表演做最後一次確認吧；真理愛一面側眼望向舞台，一面檢視網路上的資訊。既然舞台的氣氛正熱絡，她們總不好大聲嚷嚷，偶爾像這樣各隨己意也不錯。

然而在身為第四棒的小熊&那波搭檔上場後，氣氛就變了。

「！」

震驚會場觀眾的是有超過十名的表演者跑到了舞台上。人多到讓我一時間以為他們要演歌舞劇。

小熊與那波站到中央，手裡拿著麥克風，其餘同學則在後面排成一列。

「二年H班，小熊。」

「二年F班，那波。」

「我們要獻唱原創歌曲。」

「曲名是《異世之戀》。」

旋律流瀉而出。聽這徐緩的曲調……是抒情曲吧。原創歌曲的名義果真不假，感覺確實沒聽過。

只是……光聽曲名就讓我有不好的預感……

「我一直望著妳♪從妳的視野之外♪」

……嗯～～比想像中正常……？

即使稱作原創歌曲，旋律還算中規中矩，歌聲與歌詞也沒有古怪。

「得不到回報也無所謂♪只要妳幸福♪」

唱過去的主歌與導歌並無差錯。

曲子漸入佳境，終於來到了副歌。

「「「「志～田～～同學～～～～♪我們的女神～～～～♪」」」」

「噗——！」

黑羽噴出聲音。

（太瞎了吧～～～～！）

猛耶！我全身都起了雞皮疙瘩！呃，歌詞冷成這樣反而是聽眾比較難受！

黑羽會噴出聲音是當然的。這已經接近極刑了。

原本黑羽好像就有不好的預感，她是板著臉看表演的。真可憐，不好的預感肯定是完全成真了。

更糟糕的是，小熊他們全無惡意。從後面那群傢伙突然開口替副歌合音的模樣，就看得出他們拿出了全力在面對現場觀眾。

但這個場面……我想到了……好比男生為了要帥而在女生面前彈吉他高歌，跟那種青春期特有的暴衝行為一樣……看的人當然會因為共感性羞恥而覺得丟臉丟到家，收到這首歌的當事人更是覺得難為情。

「啊啊啊啊啊啊啊……啊啊啊啊啊……」

黑羽滿臉通紅，還抱著頭縮成一團。

「嗚嗚，我不行了……誰來救救我……」

她的心靈接近崩潰……似乎是丟臉過了頭，就連過去阻止都提不起力氣……

在這段期間，小熊仍繼續熱情獻唱——第一段唱完了。

於是在第二段開始前的間奏，小熊說話了。

「第一段是志田黑羽版。第二段的可知白草版會由那波演唱。」

「！」

噠噠噠——背後傳出急促聲響。

門被猛然打開，有人從體育館二樓離去。

速度太快，以致我認不清離去的是誰。

不過從臉色看來，真理愛似乎很清楚狀況——所以我試著問了她。

「小桃，剛才跑掉的人是……？」

「白草學姊衝去阻止他們了。」

「這樣啊……果然沒錯……」

有別於聽歌聽到羞恥得動不了的黑羽，還沒聽歌的白草仍然有力氣行動。她應該是覺得要趁間奏的期間阻止那波才行吧。

幾十秒後，白草闖進舞台想阻止表演，偏偏這次哲彥早就守在那裡了。

「把她制伏。」

「唔……你們這些人……我會讓你們統統滅絕～～！」

「不要同盟」的成員們接到哲彥的指示，都上前擋人。白草實在寡不敵眾就被攔住了。

結果是——

「「「「可～～知～～同學～～～～♪再狠狠地罵我們～～～～♪」」」」

「別唱了啦～～～～～～！」

由那波帶領「絕滅會」唱的白草讚美歌迴盪於會場，讓白草羞恥得生不如死。

＊

「末晴哥哥，接下來換喬治學長出場了呢。」

「對啊。」

背後有失了魂的黑羽茫然地坐著；白草則是紅著臉將拿在手上的節目表撕碎。

剛才的表演讓她們倆受到重創，相對毫無損傷的真理愛就來到我旁邊一起居高臨下從二樓望著舞台。

「剛才那實在夠慘烈的，要看喬治學長的節目也讓我有點害怕……」

「不要緊喔，末晴哥哥。」

「……嗯？」

過於樂觀的語氣讓我掛懷。

「聽妳的口吻，難道妳曉得內容是什麼？」

「對呀。因為是關係到人家的影片，喬治學長有事先來徵求許可。」

「哦～～他真是講規矩耶。跟剛才的小熊與那波，或者開頭的宇賀跟鄉戶差多了。」

雖然那幾個傢伙應該是明知故犯啦。跟當事人面對面徵求許可的話，肯定會被拒絕而無法表演，所以他們就故意隱瞞到正式上台才揭曉。

「人家跟喬治學長談得越多，越發現他其實是個正派的人。」

「除了有時候會因為妳而失控以外，學長真的是個好人。」

喬治學長會慷慨地把動畫及輕小說借我，又不至於強迫推廣或硬要高談闊論。他會先摸索我的喜好，再解釋作品有什麼地方值得推薦，可以說是循循善誘。一開始聽說他是在動畫研究社受大家景仰的社長，老實講我還以為是騙人的，現在卻覺得那是理所當然了。

「那麼，接下來是由動畫研究社提供的節目！」

哲彥的聲音在會場傳開。

不知不覺中，舞台上已經準備了大型螢幕。偶爾在文化祭等活動會用上的大玩意兒。

只有一個人出現在舞台，他好像是現任的動畫研究社社長。

猛一看，喬治學長正在投影機旁邊幫忙設定機材。

戴眼鏡體態修長的動畫研究社社長則緩緩道來：

「呃～～名義上動畫研究社研究的是動畫，但其實各種娛樂都有研究。比方說酷愛特攝的社員就會研究特攝，另外也有喜歡電影而專看殭屍片的社員，以及電玩愛好者……當中也包含將FPS研究透徹的社員。動畫研究社有很多社員都是中途加入，有興趣的人請隨時告訴我們。」

原來動畫研究社是利用這場節目在招募社員啊。真會動腦筋。

我會得知動畫研究社的自由度之高，是在去找喬治學長借輕小說那一次。

我滿吃驚的，但這單純是因為我之前對社團活動毫無興趣，在學生間似乎就廣為人知。我跟黑羽提到這件事，還被她回了一句：「小晴，一年級聽各社團自我介紹時你都在睡覺吧？」

「我們之前就從前任社長喬治學長那裡接到了某項委託。他委託的內容是『難得有桃坂真理愛這位名人就讀我們學校，希望社團能為不熟悉她的同學們，將她在連續劇及廣告演出的精彩場面彙整成一部影片』。」

「噢噢噢噢！」

會場發出了歡呼。他們還真是有心。

「我們是將既有片段剪輯、合成後，再重新編排成俗稱ＭＡＤ的影片。這次能在如此理想的場合公開影片，我認為很幸運。各位同學若能看得開心，便是我們動畫研究社的榮幸。」

——啪啪啪啪！

會場掀起掌聲。

之前那些表演大多都是想出風頭的傢伙在瞎搞，雖然那樣也有那樣的樂趣，但是像動畫研究社這樣也不錯。從節目表來看，有提供節目的社團僅此一個，我倒是覺得多多益善。

掌聲結束後，舞台的燈光熄滅了。

影像被投射到螢幕上。

開演五秒前的倒數畫面無論什麼時候看都令人心情雀躍。

『哥哥……人家對哥哥來說，是一個理想的妹妹嗎……？』

突然播出的台詞是真理愛的代表作《理想之妹》裡的知名台詞。

女歌手唱起Ｒ＆Ｂ的渾厚歌聲隨之播送。同時，影片秀出了真理愛演過，美麗的知名場面集錦，看過連續劇的人就不用說了，沒看過的人也因此產生興趣。

中途更穿插了廣告的畫面，將影片進一步帶往高潮。

從影片可以感受製作者想讓更多觀眾欣賞到真理愛優點的心意。

大家都在不知不覺中看螢幕看得入迷。

音樂結束後，影片也同時完畢。

我不禁發出感嘆。短雖短，卻有種像是看了精彩預告片的充實感。

燈光亮起。

讚賞的掌聲落在動畫研究社的成員們身上。

當然，我也大力送上了掌聲。

「哎呀～～太好了。有的片段令人懷念，也有少數我不曉得的就是了。」

一旁的真理愛把食指抵到脣邊。

「只有短期上檔的廣告，以及收視率不太好的連續劇也都剪輯進去了。雖然不知道這是不是喬治學長的指示，製作者無疑研究得相當深入。」

「他們為妳做了一部好影片呢。」

「是啊，之後人家會記得向他們致謝。甚至我個人都想要收藏這部影片……對了，也可以上傳到群青頻道呢。當然大前提是必須克服著作權的問題，不過人家希望將這部影片的獲利交給動畫研究社。」

「……可行耶。或許也能讓群青同盟與動畫研究社合作。以往剪輯工作全都是哲彥包辦，既然動畫研究社能製作出這種水準的成品，委託他們也是個辦法吧？」

「說得對。再找機會問問看哲彥學長吧。」

「也是。」

會場對這部ＭＡＤ的評價似乎也很高。大家都在對剛才的影片做各種討論，類似於看完電影後，會跟一同觀影者熱烈討論的氣氛。

「好好喔～～小桃學妹……假如我也有那樣的粉絲團該有多好……」

「就是啊……真不曉得為什麼會有這麼大的落差……」

黑羽和白草從左右包夾真理愛，雙方都把手擺到真理愛的肩膀上。

儘管黑羽和白草釋出了邪氣，不過這純屬嫉妒。兩個人的臉固然都繃著，我馬上就曉得她們並沒有打算對真理愛怎麼樣。

然而真理愛就是不會讓事情就此了結。

「那大概是人品的問題，不是嗎？」

「啥？」

「妳剛才說了什麼？」

黑羽和白草的邪氣添上了殺意。

真理愛一臉不在乎地說：

「哎呀，對不起，人家不小心說出了事實。請兩位當成沒聽見吧。」

「………」

這次，我完全沒有牽扯進去。原本還以為只要沒有牽扯到我，她們就不會吵起來，結果似乎完全不是那麼一回事。

我不想被捲入女生之間的互鬥，就匆匆逃離現場了。

（哎，以時間上來說正好。）

安排給驚喜節目的時段就要到了。接下來我也不知道有誰會出場表演些什麼，所以務必要見識看看。

但我還沒換上表演服。我是排在驚喜節目後登場，想看接下來的表演就要預先準備。

我前往社辦。原稱第三會議室的社辦位於體育館，儘管地點偏僻，用來當這次活動的休息室算是恰到好處。

我打算趕緊換裝，就使勁開了門。

「啊——」

「啊——」

待在門後的是個陌生美少女。

她有對烏溜溜的眼睛，可愛嬌憐卻又帶著幾分活潑的感覺。直直的長髮不僅營造出清純感，還給人成熟的印象，非常適合她。

對方大概是我們學校的學生。有這麼可愛的女生應當會成為話題，我起碼也該看過一眼。

還有她的身材好得不得了。

要比的話，她不像頂尖偶像小雛那樣有著超脫日本人的身材比例，也不像白草那樣有著四肢修長的模特兒體型，然而與健美外表不相襯的巨乳卻帶來了強烈反差。

我要再強調一次，對方的臉孔與胸部形成了強烈反差。

她大概是表演者吧，身上穿的服裝似乎是以結婚禮服為範本。

仔細一看，對方還化了妝。也許我曾在學校裡跟她錯身而過，但臉上的妝與服裝使我想不起來。

而她應該是完全疏忽了，當我開門時，服裝背後的拉鍊是呈現全開狀態，裙子也外掀。肯定是因為都沒有人在才會處於肆無忌憚的豪放休息模式。

「啊……啊……」

她愣住了。

唯獨嘴巴像金魚一樣開開合合。看來是陷入了混亂。

「──咦！」

她好像注意到我不小心看見了她全裸的背以及外露的大腿。

「唔唔唔～～！」

對方一瞬間從臉紅到脖子，然後就低頭衝出去。

「欸……喂！」

我會到外面去，妳留在這裡就好——原本我正想這麼告訴她，卻來不及開口。

她從我旁邊跑掉以後，隨即在走廊轉角拐了彎。

「那副模樣在外面跑不要緊嗎……」

我擔心的念頭甚於看見清涼畫面的占便宜心理。

基本上，對方為什麼會待在我們的社辦就是個謎團。從她疏忽成那樣看來，八成是因為都沒有人在就擅自進來休息了吧。

「不曉得那個女生是什麼人……」

若非群青同盟的成員，根本就不會利用社辦才對。

難道她是會在驚喜節目中出場的女同學，所以哲彥或瑪琳就偷偷安排讓她進來社辦……？然後她才忘記鎖門，是這樣嗎……？

無論真相是什麼，總令我有點好奇。把驚喜節目從頭看到尾吧。

我如此心想，並且手腳迅速地換上了擺在社辦的表演服。

＊

當我換好衣服回到體育館二樓時，就發現會場開燈了。看來在不知不覺中已經到了驚喜節目前的休息時間。

大家正一面吃著點心一面討論到目前為止的表演。我試著豎耳聆聽傳來的聲音，動畫研究社的真理愛ＭＡＤ似乎評價最高。

「哎呀，這不是丸學弟嗎？」

「咦？」

回頭望去，我不禁怔了一怔。

這也難怪吧。畢竟這塊區域理應只有表演者，阿部學長卻出現在這裡。

「學長，你怎麼會在這裡？」

「我認識學生會的相關人員啊。感覺在會場沒辦法放鬆看表演，我找學生會商量過以後，他們就破例偷偷放我到相關人員才能進來的這邊了。」

太強了吧，自然而然就能得到貴賓級待遇。

哎，事實上，阿部學長循正常途徑待在會場的話，應該會被女生們團團包圍而搞得人仰馬翻。因此我能理解所謂相關人員的因應手段……但內心就是有疙瘩。

畢竟說句不中聽的，他就是毫無惡意地明講：「我太受歡迎了，女生們都會圍過來～～那樣就沒辦法放鬆看表演耶～～所以在會場有點難找容身之處～～幫我安排一下相關人員的專用席嘛～～咦，真的可以嗎～～謝嘍～～」然後才來到這裡。一如往常的爽朗笑容簡直耀眼得讓我無法直視。

「你似乎準備萬全了呢。」

阿部學長朝我全身上下看了一圈。

目前我跟黑羽她們一樣，是用大衣遮著表演服。臉上也多少化了妝，所以一看就曉得吧。

「哎，對啊。」

「期待你的表演。」

「是喔，謝謝學長。」

謝詞裡之所以欠缺心意，是因為我怎麼也無法抹去對他的戒懼。

「這次你要表演什麼？」

「跟節目表上寫的一樣，我會跟哲彥搭檔唱歌跳舞。」

「很好很好，實在令人期待。」

我有自覺應對的態度並不好，然而阿部學長似乎完全沒放在心上，還樂得帶著笑容點頭。

當我猶豫要不要當場開溜時，蜂鳴器響了。

燈光逐漸熄滅。應該是驚喜節目要開始了。

既然這樣，即使我沒有跟阿部學長講話也不會不自然。除了這裡以外能看見舞台的位置也不多，我沒什麼必要離開吧。

如此判斷的我靠向扶手，並且把視線投注到主持台那邊。

「讓你們久等了！活動第二階段……『特別舞台表演　驚喜節目』即將開始！」

哲彥像是要提振眾人的情緒，使勁宣布。

「接下來的節目打著『驚喜』名義，表演者、內容全都要向大家賣個關子。理由有許多種。想上台表演的人；想突然露面嚇嚇大家的人。來吧，這一次的驚喜是福是禍，就用你們的眼睛親自確認！」

我才在想哲彥講話的調調似曾相識，就發現這跟摔角或綜合格鬥技的實況播報屬於同一種風格。他肯定是為了炒熱現場而參考的。

哲彥把手伸向舞台。

「驚喜節目的第一棒是學生會會長，飯山鈴！她帶著副會長惠須川橙花以及大良儀紫苑一同登場！」

喔，橙花和紫苑突然就來啦！

謝天謝地。假如是排在驚喜節目的最後，間隔一段休息時間就換我上場了，那樣我也有可能無法放鬆看表演。

「呀喝～～☆大家的學生會長瑪琳來嘍～～☆玩得開心嗎～～☆」

「噢噢噢噢噢噢！」

辣妹會長瑪琳承接由哲彥炒熱的氣氛，歡樂十足地出場了。

我還納悶她會打扮成什麼風格上台，結果是在迷你裙鑲滿了荷葉邊的強勢偶像裝！長到讓人懷疑是武器的假指甲與挑染白色的側馬尾跟華麗的服裝搭配得很有意思。從歡呼聲聽來，應該可以說大家也都給予高評價。

像這種平時不可能做的裝扮要穿得好看，說來是有難度的。還有偶像的嬌滴滴談吐對普通女生來說也是一道高門檻。

然而瑪琳有著足以跟哲彥交鋒的小惡魔性格。從她上台應付自如就能感受到不俗的天分。

瑪琳旁邊還有紫苑。

這個女生的言行固然讓我不忍說，外表倒是挺可愛。原本她就適合穿女僕裝，只要睜隻眼閉隻眼，荷葉邊俏麗服裝跟她的臭臉也算搭配得不失美感。

心裡只有白草的她毫無服務精神，所以都沒在看觀眾。從她東張西望的模樣看來，大概是在找白草吧。

可是──

「……奇怪？」

明明瑪琳與紫苑都上台了，被介紹到的只剩一個人──橙花還沒有出現。

「欸～～橙花，妳在蘑菇什麼嘛～～！」

一度站到舞台中央的瑪琳走回舞台旁。

於是傳來的只有她們的聲音。

「我、我還是無法接受！居、居然要我穿這種服裝，在大家面前表演……！」

「說什麼話嘛～～都到這一步了，妳認命吧☆」

「住、住手！」

「苑仔也來幫幫我～～☆」

「真是拿妳們沒辦法……」

紫苑也匆匆回到舞台旁邊。

然後──橙花就被她們倆推著上台了。

「快～～住～～手～～」

「妳該認命了啦～～☆」

「真是拿這個人沒辦法耶……」

排斥的橙花，以及拖著她的另外兩人。橙花再厲害也比不過兩個人聯手的力氣，就逐漸被拖到舞台中央。

「──不錯嘛。」

我自言自語地嘀咕了一句。

橙花那套服裝顏色不同於瑪琳及紫苑，是荷葉邊迷你裙的可愛裝扮。

考量到橙花平時的作風，要她穿這種服裝確實有違常理吧。畢竟提起橙花就會想到「和風」與「凜然正氣」。

不過那碼歸那碼。她這樣穿還是合適，而且大概是因為我知道這有多罕見，心裡就湧現了瞻仰珍奇異寶的感觸。

「唔唔唔，這、這未免……」

被迫站在中央的橙花紅著臉低下頭。

在服裝當中尤其讓橙花介意的似乎是迷你裙長度，她拚命掩著下襬。

然而那使得肚臍稍微露了出來，我認為反倒顯得性感，但橙花似乎不介意那邊。

大概是為了避免橙花逃跑，瑪琳牢牢地勾著她的手臂做了介紹。

「好～～各位～～在這邊的是副會長桃花，還有她是苑仔。我們三個要唱歌，所以聽著吧！音樂ＳＴＡＲＴ！」

瑪琳一鼓作氣講完以後，就開始播放輕快的音樂。

（咦，這首歌叫什麼來著……）

相當有名的歌曲。明明差點就脫口而出，我卻想不起歌名。

來到這一步，橙花似乎也認命自己逃不掉了。她紅著臉配合瑪琳以及紫苑開唱。

「～～♪～～♪」

啊，因為她們穿偶像風格的服裝，我還以為選曲會走偶像路線，結果是挑這首啊。

翻唱次數幾乎數也數不清，以「學園」題名傳唱了幾十年到現在的歌。由於年代實在太老，或許也有人不知道這首歌，但它被當成青春讚歌一路傳承至今的歡樂度是有口皆碑的。

「～～♪～～♪」

聽出是什麼歌以後，觀眾也容易投入。

也有學生跑到舞台前開始蹦蹦跳跳。

「～～♪～～♪」

大約唱到副歌以後，橙花的緊張感就逐漸舒緩了。雖然她不管唱到哪裡都還是顯得害羞，但是那樣有那樣的可愛。

紫苑好像也滿樂在其中。平常她何止不太受注意，還會自己躲起來觀察白草，但她原本就不是只會藏在人後的那一型。紫苑當眾唱歌的架勢有模有樣，會場的男同學當中也有人指著她感到訝異。

「各位同學～～☆謝謝你們陪我們一起ＨＩＧＨ～～☆」

「耶————！」

瑪琳的表演大獲成功。她一揮手，所有人就會大聲回應。情緒升溫成這樣很不錯。

另一方面，橙花在曲子結束以後似乎就恢復理智了。她待在瑪琳旁邊掩著裙襬，還滿臉通紅地低著頭。

「那麼，下個驚喜節目大家也要期待喔～～☆」

在瑪琳做結尾問候的同一時間。

「！」

橙花拔腿逃到舞台旁邊，一瞬間所有人都嚇了一跳，不過大家都用溫馨的眼神目送她。

該說真不愧是學生會長吧。她確實做到了暖場的工作，這樣下一個表演者應該比較好發揮。

之後台上又持續推出了不負驚喜之名的企畫。

『你們以為我拿麥克風就是要唱歌嗎？錯！一年Ｃ班，相場心！明天聖誕節請跟我一起出去玩～～～～～～！』

『是，我戴了面罩。長相到最後都不會曝光。我擅長節奏口技，請大家聽我表演。』

『我會後空翻……完畢！三年A班的藤木多惠學姊，我喜歡妳。驚擾各位了。』

『別以為我戴著大佛面具就可以小覷！我要連續模仿二十個知名聲優！開始嘍～～～～！』

從認真到耍寶都有的豐富表演內容逐項揭露。

老實說有好笑的，也有讓觀眾們覺得於心不忍的。能上台告白固然好，卻也發生了被狠狠甩掉而讓我看得胃痛的場面。

不過因為大家都玩開了才能這樣。這是件好事。

「那麼，接下來輪到……哎呀，又是一個不具名的表演者！上場的會是誰呢！大家擦亮眼睛看著吧！」

在主持人哲彥的起鬨之下，有個女生出場了。

「啊———」

我不禁眨起眼睛。

這個女生，就是我剛才在社辦遇見的女生。

剛才看見的是她鬆懈的模樣。

然而現在不同。背後的拉鍊拉上，造型有如結婚禮服的表演服裙襬像波浪一樣隨之招展。

妝也無懈可擊。雖然她是個給人活潑印象的女生，唇彩散發的光澤卻嬌媚萬分，使她的外表變得更加有魅力。

「這個女生是誰啊……」

「好可愛……」

「咦，我們學校有這樣的女生嗎……？」

「胸部……超壯觀……」

好像沒有人對這個女生有印象。正常來想，有女生打扮得這麼亮眼，起碼會有一兩個跟她同班的人大聲嚷嚷才對。話雖如此，其他學校的學生又無法參加這場派對。這究竟是什麼情況？

她站到中央。

事前應該都有商量好吧。歌曲開始了。

一般會在這時候講幾句話，她卻只是悄悄舉起手。

「～～♪」

曲調屬於抒情曲。跟這種鬧哄哄的活動有點不協調，感性柔和的旋律。

「欸，再一次好嗎　呼喚我的名字　雖然餘韻肯定不同　只願最後能聽見」

……沒聽過的歌。這似乎是一首失戀的歌。

她有副可愛的嗓音。與其用歌喉出色或者笨拙的標準來評斷，首先留給人的印象是可愛。那種可愛與純真感連接在一塊，栩栩如生地表現出失戀的痛楚。

原本因為她的容貌而鼓譟的那些男同學似乎也受了歌聲吸引，不知不覺中都陶醉地望著舞台上的她。

就算活動要熱鬧，也不是一味地鼓譟就行了。這也是舞台表演的魅力之一吧。

不曉得她為什麼要在聖誕派對這樣的場合，獻唱失戀的歌曲。

或許她失戀了，不具名登台獻唱就是為了放下這段感情。也有可能跟我之前想做的一樣，她把這當成一種報復手段。說不定她是想「展現自己光鮮亮麗地唱歌的模樣，好讓甩掉自己的男生為此後悔」。不，我開始覺得這是最有可能的了。

會場籠罩著一股有別於先前的感性氣息。那並無負面的含意，感覺大家叫鬧造成的疲倦正急速得到療癒。

一首歌轉眼間就唱完了。

她恭敬地低頭行禮，然後還是完全沒有開口，一下子就消失在舞台旁。

「到底是哪裡來的啊，那個女生……」

「居然都沒有人認識嗎……那麼可愛的女生，在學校怎麼可能不醒目……」

明明她已經離開了，會場還在鼓譟。

明明身影與歌曲都留下了強烈印象，真面目卻無人知曉。

太神祕了。因此感到好奇的人似乎陸續出現。

當我無心間在喧囂中豎起耳朵，就聽見了令人在意的對話。

「我知道剛才那首歌耶。那是約二十年前的歌，有個只出了一首歌就消失的偶像唱過。銷量好像不太理想，但那首歌滿不錯的。」

看來那似乎是以前的老歌，只是我不曉得而已。假如我知道唱那首歌的偶像叫什麼名字，就會搜尋出來聽聽看，但是剛才太投入於情境讓我連一節歌詞都想不起來，也就無法續追情報。

「丸學弟，你該到舞台旁等候了吧？」

阿部學長向我搭話。

……的確，時間差不多了。

「說得也對。那我失陪了。」

「嗯，待會見。」

待會見……？

雖然聽了有點讓我掛懷，但台詞本身並不算多奇怪。

因此我不予理會就移動到社辦，脫掉大衣後前往舞台旁。

＊

她回到舞台旁以後，黑羽、白草、真理愛三人正在那裡等著。

「辛苦了。」

「淺黃學妹，妳表演得非常好。」

「玲菜同學，妳很可愛喔。」

面對看似興奮地搭話的三個人，她——玲菜露出犬齒苦笑。

「哎呀～～真不好意思。」

「玲菜同學，下次妳跟人家一起合唱吧！」

「不行啦～～我實在沒有勇氣嘗試跟桃仔那樣做喲。」

「咦～～那樣絕對既可愛又有趣耶……」

「說真的，這次碰巧得到了觀眾正面的反應，何況我只是被阿哲學長威脅上台的，算是僅限一次的青春大冒險吧。證據就是我到現在才開始發抖……」

玲菜的牙齒格格作響。

真理愛立刻幫玲菜披上大衣。

「玲菜同學，總之先回社辦吧。」

「好啊，我一個人去沒問題。桃仔妳們都想留在這裡看大大正式演出吧？我也想看阿哲學長上台，所以會盡快換完衣服回來從二樓觀賞喲。」

「哎，既、既然玲菜同學這麼說……」

玲菜嫣然一笑，然後離開現場。

到這裡為止都還好，但玲菜來到通道以後，疲勞感就一舉撲來。

承受會場同學們視線以及唱歌時的緊張感於腦海裡復甦，明知道表演已經結束了，呼吸卻跟著變得急促。

等她抵達社辦以後，已經是連站都站得很勉強的狀態。

「唉～～我果然不能表演～～……」

無論如何就是不能適應被眾人注目，一緊張就會消耗精神。

（真虧桃仔和大大都能一再上台表演……）

當他們站在眾人面前承受注目以後，何止不會緊張，還能散發比平時更燦爛的光彩。

自己也憧憬過那樣的光彩，卻好像礙於天性膽小，至少目前仍克服不了。

大概是心情放鬆所致，疲倦感一舉壓到身上。

玲菜打算在椅子坐下來，卻連這點小事也辦不到，只能靠著牆壁無法動彈。

就在此時，有敲門聲傳來。

「喂，玲菜，妳在裡面吧？」

「啊～～阿哲學長嗎……接下來輪到你正式表演了吧，待在這裡好嗎？」

「現在是休息時間，所以我逗留一下沒問題。」

「有事要進社辦的話可以進來喲。我有點癱軟，麻煩阿哲學長就當成沒看到吧。」

「啥？妳這話是什麼意思？」

門被打開。

下一瞬間，哲彥發現玲菜無力地坐在地上就趕了過去。

「喂，妳還好吧！」

「啊，我只是累了。放著我多休息一下就沒事的……」

「白痴，妳這樣會著涼吧。起碼穿得溫暖一點。」

哲彥拿了自己的大衣過來幫玲菜添衣服。

「對不起，給學長添麻煩了。」

「拿妳沒轍。反正妳努力過了，我今天就不計較啦。」

「膽小的自己真是丟臉。受不了，桃仔也就算了，大大平時可是比我還膽小……或許這也是天分造成的差距喲……」

「妳跟別人比那些也沒用吧。」

「就是啊……不過，我是感謝阿哲學長的喲。」

「…………」

哲彥什麼都沒說，也不跟她對上目光，只是搔搔頭。

「雖然我不否認有種被趕鴨子上架的感覺，不過穿上媽媽的禮服，還在大家面前唱媽媽的歌，老實說在緊張之下表現得實在很糟糕，跟媽媽比也一點都不可愛……即使如此，我還是實現了小時候的心願。謝謝學長。」

「我只是想盡量炒熱派對的氣氛，才會拖妳下水。還有我剛才也說過，跟別人比較是沒用的吧。無論妳怎麼想，我都認為妳表現得不算壞。」

「哦～～阿哲學長居然會講這種話，該不會要下雪了吧。」

「冬天下雪並不是多稀奇的事情吧。」

「我倒覺得重點不在那裡喲。」

「不，重點就在那吧。」

掩飾難為情的方式真是笨拙，這不像他。

如此心想的玲菜笑了出來。

「時間差不多啦。我該走了。」

「對耶。雖然我也想看，但實在必須多休息一下。」

「哎，之後看影片就好啦，妳別介意。」

「看現場有現場的好嘛，所以我其實想看……」

「不然我找個女工作人員來照顧妳，像惠須川應該就還在現場。」

「得救嘍。啊，我還有一件事想拜託學長。」

「什麼事啦？」

「幫我把背後的拉鍊拉下來就好，可以嗎？唯有這一點我實在沒辦法自理。」

哲彥露骨地擺出排斥的臉色。

「妳喔，這種事別拜託學長啦。」

「好嘛好嘛，有什麼關係呢。」

「一般這種事頂多只會拜託男朋友幫忙。」

「我又不是對誰都敢拜託這種事情。因為阿哲學長絕對不會跟我發展成那種關係，我才拜託的。」

「唉……拿妳沒轍。」

玲菜撐起上半身，轉身背對哲彥。

哲彥不甘不願地拉下拉鍊。

玲菜從禮服的束縛得到解脫，因而鬆了一口氣。

「學長幫了大忙喲。」

「玲菜，那妳慢慢休息吧。」

「我會期待結束後的慶功宴。」

哲彥揚起嘴角。

「知道啦。」

話說完，哲彥就離開了社辦。

室內恢復寂靜。

玲菜摟住了哲彥幫她披上的大衣。

「——我真的很感謝你喲，哥哥。」

不小心說溜嘴的一句話，讓玲菜警覺地抬起臉。

接著她環顧四周確認並沒有被人聽見，這才放心地嘆息。

第四章　派對之夜後半　～志田黑羽的做法～

＊

與體育館的熱鬧程度呈反比，外頭變得更冷了。

當我通過體育館後側移動到舞台旁邊的途中，一仰望天空，就發現開始有零星雪花飄下。

「難怪會冷……」

「喔，末晴。原來你在這裡。」

哲彥從社辦那一側的通道出現了。

我們自然而然地並肩前進。

「哲彥，剛才那個神祕女生的舞台表演，你有看嗎？」

「神祕女生？」

「有個穿著禮服什麼也沒說，唱完情歌就消失在舞台旁邊的女生啊。」

「她怎麼了嗎？」

「沒有，我是在想你應該會知道她的身分。」

「……誰曉得啊。我又不是什麼都知道。」

「不然你知道歌名嗎？聽說那好像是約二十年前的偶像歌曲。」

「是喔？還真是冷門的選曲。」

哲彥站在主持人立場，我還以為他會握有許多情報，原來他不知情啊。

「假如查清楚了，記得告訴我喔。」

「麻煩死了，我才不會特地調查。無論如何都想知道的話，你就去委託玲菜啦。」

「但我覺得還不到寧可付錢也想查明的地步……」

「既然只有這點程度的好奇，那就無所謂了吧？」

說得也是，不過哲彥未免太無心幫忙。

「……哎，反正她那麼醒目，遲早會接到情報的吧，這件事先這樣就好。」

「重要的是，末晴，你的狀況如何？」

哲彥帶著打量似的眼神問道。

「我沒問題。你呢？」

「還行。」

「那可以上吧。」

「這還用問。」

我們以拳碰拳，然後走到舞台旁。

窄版黑西裝配黑領帶，純白的襯衫。

我有將領帶束緊，哲彥卻在打好以後刻意調鬆了一些。

由於驚喜節目已經結束，目前會場點起燈光，進入休息時間。

我們向控管舞台旁走道的學生會成員告知表演者到齊，並且進行樂曲與燈光的最終確認。最後再戴上頭戴式麥克風就準備完畢了。

學生會長瑪琳正代替哲彥站在主持台前，她確認過準備完畢的信號以後，就看了看時鐘。

晚上七點十五分。

我告訴自己。

——走吧，上場的時候到了。

瑪琳悄悄舉手，同時響起了蜂鳴器的聲音。

之前的表演都會先來一段暖場詞，她卻沒有比照辦理。

我不知道為什麼要省掉，但她恐怕是「刻意」的吧。

看節目表就曉得，之後輪到我和哲彥上場。我們已經十分受注目了。

既然如此就無需多言，那是不識趣的。亂插手難保不會造成潑冷水的反效果。瑪琳應該是這麼顧慮的吧。

蜂鳴器聲讓同學們交談的聲音漸漸安靜，等到燈光熄滅時，體育館已經變得鴉雀無聲了。

我的心跳正在加速。彷彿每次「怦通」地搏動，興奮感就隨著血液輸送到手腳末端。

上次在大學登台時，我也遭受了正式表演前的亢奮感侵襲。

這種感覺果真令人無法抗拒。

我跟哲彥感受到會場變暗以後，就放低腳步聲上了舞台。

即使一片漆黑，我們能準確走位是因為有馬克膠帶的關係。

「馬克膠帶」是劇場界靠膠帶標示走位會用的術語。據說源自英文的「ＭＡＲＫ」一詞。

目前，我從視野裡能看見在黑暗中發光的膠帶。以角度而言觀眾應該是看不到的。這個發光的位置提示了我跟哲彥該站的定位，內側是哲彥，離我們較近的位置則是我。

從漆黑的空間可以聽見呼吸聲。

肉眼無法看見的期待及興趣扎在皮膚，幾乎讓我感覺到痛。

——舞台表演果真令人無法抗拒。

接下來是專為取悅他人而存在的非日常世界。對我來說，舞台是個可以卸下平時的自我，並且容許我成為英雄的地方，我無法不這麼認為。

切下內心的開關。

來吧，之後我有短短幾分鐘將成為英雄。

接著音樂響起了。

「♪～～」

開頭是以平緩的旋律走入曲子，然而輕快節奏激起對於之後的期待。

以往曾席捲世界的黑人舞曲音樂。聽哲彥說我們表演用的曲子是予以致敬的產物。

前奏期間不開燈，這是表演呈現方式，用意是要讓觀眾在視野受限的環境中專注於音樂。

於是當會場內的期待感膨脹到即將迸發時，燈光一舉灑落在舞台上。

「Screw you！I want to be free！」

直譯過來似乎是「去你的！我想要自由！」的意思。

這首歌致敬的對象是西洋音樂，歌詞也就全部以英文譜成。

表演重點在於剎那間的切換。靜與動，緩急的肢體表現。

由於節奏並不固定，舞者要配合當然就不容易。

然而舞步正是帥在能跳得合拍。不合拍的話，就算動作及舞技再怎麼精湛，還是會顯得欠缺火候而招來失望吧。

所以——

我和哲彥目光短瞬交接，在時間點上稍作協調。

——搞定這支舞！

「喂喂喂，他們居然能用那種速度抓準時機相互搭配！」

「好猛，動作俐落到讓人想笑！」

「那兩個人果然不是外行的水準。」

「每個動作都好帥氣！」

「黑西裝會不會太帥？完全是我的菜耶！」

「雖然不甘心，但是看甲斐同學的西裝外套隨舞步飄揚，感覺好迷人喔……」

「丸同學那種平整規矩的穿法比較合我喜好！」

我可以從皮膚感受到會場的驚訝與喜悅。

那讓我覺得全身充滿了力量。

（——行得通！）

狀態佳，跟哲彥時間點也配合得剛剛好。

我第一次跟哲彥搭檔上台，原本也不確定成效會是如何，但應該說他實在厲害吧。哲彥並沒有輸給正式上場的壓力……不，他還發揮了比練習時更高的舞蹈能力。

口頭上說起來簡單，然而這沒有上場表演過相當的次數是很難做到的。哲彥的才華依舊亂豐富一把。

即使說我們倆的舞步有相互搭配，要從頭配合到尾的難度太高了。因此我們一起跳的只有引子的部分，之後的編舞就是輪流擔任主秀。

據說這部分參考了歌舞秀的編排方式。實際上，這首歌的歌詞內容就是在講述受盡拘束的大人來到俱樂部，還互相飆舞爭奪主導權。

「好耶～～！」

「多秀一點！」

或許是靠舞步領會到歌詞內容的關係，同學們的情緒有了變化。感覺他們就像在看體育比賽一樣大聲叫喊起來。

舞曲第一段順利結束，進入間奏。

——這時候，異狀發生了。

「「！」」

「噢噢噢噢噢噢噢噢！」

「咦，不會吧，真的假的！」

「這是安排好的嗎？節目表上沒有寫吧！」

驚訝的不只是同學們……也包括我。

更值得訝異的是，連哲彥都睜大了眼睛難掩錯愕。

既然如此，就表示這完全是驚喜。

——阿部學長闖進了表演。

「呀啊啊啊！阿部學長～～～～！」

「西裝太適合學長了～～！」

「我不行了……好像快要換氣過度了……」

尖叫與聲援響徹會場。

我們高中的偶像阿部學長跑到了舞台上。

他穿的服裝是黑西裝配黑領帶，跟我們一樣。

（代表這完全是計劃好的……情報從哪裡外洩的……？）

當我帶著苦瓜臉觀察狀況時，阿部學長就露出了自信的笑容。

這讓我領會到了。

——他這麼做，是要報復我在告白祭時玩的把戲。

啊，原來如此！

所以他剛剛才會說「待會見」！

可惡，那居然是伏筆！

（這下我可不能輸……）

我對哲彥使眼色，哲彥就點了頭。

（——上吧！）

第二段開頭的重點是由我跟哲彥共舞。

我和哲彥打起勁並肩起舞——阿部學長卻站到我們斜前方，跳起了完全一樣的舞。

「唔！」

這種站位——簡直像阿部學長在領著我們跳舞。再跳下去，我們不就變得像阿部學長的伴舞了嗎……

（可惡，他只靠站位就占盡了好處！）

而且搞什麼啊……他果然連歌喉都很棒！這個人考上大學有了空閒，居然就做足了練習來跟我們較勁！我就是不敢領教他這一點！

不曉得我們的情報是誰外洩的。

從剛才的反應看來，並不是哲彥。這樣的話，從關係性來想是白草那邊較有可能。我們練習的影片並沒有嚴格控管，所以跟玲菜說一聲就能簡單拿到手吧。

「好厲害！」

「這三個人再沒有機會同台了吧！」

「我想要拍成影片！」

我與哲彥都慌了，相對地，觀眾們則是大力讚賞。

我與哲彥拚命想讓阿部學長跟不上，但阿部學長已經將舞練到純熟，毫不服輸地緊跟著。

我們越是飆舞較勁，觀眾越是狂熱——曲子就這樣告終了。

「呼……呼……」

我們一面喘氣一面擺定姿勢，震耳欲聾的歡呼就落到了頭上。

「太強啦啊啊啊啊啊啊啊！」

「讚喔～～！」

「阿部學長好帥——！」

「丸同學和甲斐同學都受到震撼了呢，表示阿部學長是來報仇的？」

「肯定是那樣！」

「兩邊的表現不分高下耶！」

我與哲彥吃不消地瞪向阿部學長，阿部學長卻帶著平時那副爽朗笑容朝觀眾揮手，看都不看我們這裡。

「「唉～～」」

我自認沒有在唱歌或舞蹈輸給對方。這次的活動可以說本來就沒有輸贏之分吧。

可是我們心裡充滿了落敗感。

「哎呀～～不好意思嘍，兩位。」

一回到舞台旁邊，阿部學長就向垂頭喪氣的我們這麼搭話。

表情笑吟吟的。雖然他總是笑容可掬，現在這張臉卻完全是得逞的笑。

「學長心裡沒這麼想的話，最好就別開口喔，聽了只會讓人火大。」

哲彥惡言相向，阿部學長就嘀咕了一聲「哎呀」並且搔搔頭。

「果然被你看出來了嗎？老實講，與其說不好意思，我更覺得自己占到了便宜呢。這次算是我規劃成功吧。」

「……學長是怎麼安排的？」

哲彥瞇細眼睛。

「你們受學生會之託要炒熱派對氣氛，這是全校學生都知道的事吧？所以我才想出了這個主意，不過樂曲與舞步是從白草學妹那裡取得的。」

「唔，果然是透過可知嗎……」

「還有我也事先向飯山會長徵得了同意。畢竟曲子跳到一半被拉下台的話，我的規劃就泡湯了。」

「連瑪琳也有份……她之後最好給我記住……」

對哲彥來說，瑪琳和阿部學長真的是天敵耶。哎，雖然阿部學長也是我盡可能想要迴避的人物。

表現的機會遭到攪局，讓我想挖苦對方幾句，因而嘆了口氣。

「阿部學長，你真會做人耶。仔細想想，如果告白祭那件事要報一箭之仇，這會是最佳的機會，沒料到這種局面是我自己太大意了。」

阿部學長睜圓眼睛眨了好幾下。

「嗯？報一箭之仇？我想都沒這麼想過耶。」

「——啥？」

我與哲彥同時張著嘴呆住了。

「呃，何必說成報仇呢……丸學弟在告白祭闖進表演中，對我來說反而是照著計畫在走。就算要報仇，我又沒有懷恨在心，所以也無仇可報吧……」

「咦，那學長為什麼要……」

我戰戰兢兢地問，阿部學長就露出了今天最燦爛的笑容。

「——當然是因為我想跟你們同台表演啊。」

「「唔——」」

我與哲彥的喉嚨都哽住了。

這個人的光屬性果然太強大，我不敢領教……

「欸，甲斐學弟，這次的舞台表演當然都有錄影吧？你還是會在Wetube上發表嗎？到時候我當然要下載就是了，但你應該會剪輯過才發片，可以的話，能不能將未剪輯的版本給我……？假如有好幾個鏡頭在拍，我希望統統拿一份……」

「……很貴喔。」

「那我們就一面看白草學妹她們表演，一面講價吧。」

哲彥一臉生厭地提不起力氣。

我很能體會你的心情喔，哲彥。

我對阿部學長果真不敢領教。

＊

燈光熄滅的會場裡充滿了期待，等不及想看下一個節目的鼓譟聲正在蔓延。

沒錯，接下來就是聖誕派對的重頭戲——由黑羽、白草、真理愛擔綱的舞台表演。

應該有很多學生來參加派對都是為了看這個吧。話雖如此，我最期待的也是這個節目。

「小晴……」

「小末……」

「末晴哥哥……」

哲彥和阿部學長離開舞台旁後，相對地，三個人就來向我搭話了。

她們三個從我與哲彥跟阿部學長講話時就待在舞台旁，由於我們正在對話就沒有來插嘴，而且她們自己也要準備——脫掉大衣，對臉上化的妝做最後確認，商量出場的時間點等等。

不過，現在準備完畢了，接下來只剩登台而已。

而她們三個的服裝是——

「小白，之前妳不是很排斥嗎……」

迷你裙聖誕女郎。

『關於迷你裙聖誕女郎那種色色的服裝，我倒希望能聽見詳細的交代……』明明她表示過抗拒——為什麼會這樣？

大概是天氣實在太冷，腿並沒有光溜溜的。她們穿了過膝襪，但是絕對領域既耀眼又嬌媚動人。我反而想為她們選擇穿過膝襪表示感謝。

「這、這是因為……我被飯山會長說服了……！」

「瑪琳學姊的口才很好呢。『不穿這套服裝就無法傳達聖誕節氣息』、『有妳們這樣的美腿就不要緊』、『既然過聖誕節，幫忙實現男生們的夢想嘛』都是她用過的說詞……」

「小琳不會只叫別人做事，她自己也願意跟著犧牲，所以很難推托呢。」

黑羽提到「瑪琳自己也願意跟著犧牲」，應該是指「穿著荷葉邊偶像服裝上台」的行為吧。那套服裝也是迷你裙。

黑羽她們目前穿的迷你裙聖誕女郎裝，還有瑪琳她們穿的偶像服裝。從客觀的角度來比較，偶像服裝缺了應景過聖誕節的大義名分，可以說是比較羞恥。

黑羽她們大概也有這樣的認知，目睹會長本身都犧牲到那種地步，自己也就沒辦法拒絕了——所以才不得不點頭答應吧。

「瑪琳真有辦法耶……」

不愧是身為辣妹還能當會長的奇才……

換成哲彥要叫她們三個穿迷你裙聖誕女郎裝的話，無疑會讓她們都氣得火冒三丈。搞不好還會被說成性騷擾，難保不會危及哲彥往後的立場。

她漂亮達成哲彥辦不到的事了。我應該毫不保留地對她的手腕送上讚賞。

「小晴……我從你的視線感覺到歪念頭耶……」

「唔——」

被黑羽一瞪，讓我慌得往後仰。

「小末，我是覺得，你那樣不太好……」

白草站成內八字還忸忸怩怩。

坦白講，我覺得她這種舉動才叫「色色」。

「末晴哥哥真是的……假如是兩人獨處的時候，人家也會考慮耶……」

真理愛紅著臉不知道嘀嘀咕咕說些什麼，一面還用手指轉圈圈捲起了波浪般的頭髮。

……這下得轉換氣氛才行吧。

「很期待看妳們上台表演！」

我握拳為她們打氣。

三個人的表情隨之轉變。她們好像想起接著要上台的事了。

「小末，你剛才的歌與舞都很棒喔。我也會努力，所以為我加油。」

「謝了。我當然會替妳加油。」

白草似乎多少有些緊張。

但是並沒有在沖繩攝影旅行時顯露的那種消極感。

肯定是練習至今讓她有了自信。雖然指尖在發抖，眼睛卻是望著前方。

「末晴哥哥，請你在這裡看著人家喔。」

「好。很期待妳的表演喔。」

「人家可不會輸給末晴哥哥剛才上台的表現喔。」

真理愛說著就拋了媚眼。

在可愛當中能看出她那滿滿的自信。這種過人的可靠感正符合真理愛的風範。

「小晴……」

「小黑……」

我望著黑羽就這麼愣住了。

「青梅女友」關係中止以後，我跟黑羽的互動一直保持在冰點。

我們並不是在吵架，也沒有展開冷戰。感覺像進入倦怠期的夫婦，明明每天見面卻只會事務性地交談……這是最令人落寞的互動方式。

當然，我本身對黑羽的心意並沒有改變。我只是覺得自己非得先冷靜下來，才拉開距離造成了現在這種局面。

所以我不懂，要怎麼跟她搭話才好？

當我遲疑的時候，黑羽緩緩開了口。

「小晴──『待會見』。」

「咦？好、好啊……」

聽起來不對勁的台詞。剛才發生過阿部學長那件事，我無法不認為這是個重大的伏筆。

但我只是被阿部學長冷不防地擺了一道才變得神經兮兮吧。她肯定是指活動結束後再一起回家之類。

（今天是聖誕夜。跟黑羽一起回家時，希望聊派對的事能帶來和好的契機……）

主持台被聚光燈照亮了。

「讓你們久等啦！我回到主持的位子了！」

哲彥一手拿著麥克風登場。他好像不知不覺間就回到主持台了。

服裝仍是剛才跳舞的黑西裝，簡直像表演者從舞台跑下來觀眾席同樂一樣。這使得女同學們尖聲歡呼。

「來啦來啦，接下來就是眾人盼望已久的重頭戲，由群青同盟女成員擔綱的聖誕節特別舞台表演！先告訴你們，群青同盟從以前就收到了廣大的回應表示希望看這個班底開演唱會！但她們三個以往都沒有點頭過！」

黑羽、白草、真理愛原本就不喜歡偶像性質的活動。為此哲彥提了好幾次的企畫都一直被她們打回票。

「不過今天另當別論！委託是來自學生會，還有我跟末晴也要上台，這兩個理由讓她們答應表演了！即使砸大錢也看不到的現場演出！趕緊用心觀賞吧！」

「噢噢噢噢噢噢噢噢噢噢噢！」

會場的溫度一舉飆升，熱情直上最高峰。

「看吧，我們當家女星上台了！志田黑羽！可知白草！桃坂真理愛！剩下交給妳們啦！」

在轟動掌聲歡迎下，打扮成迷你裙聖誕女郎的三個人於舞台現身。

男同學的情緒頓時沸騰。

「唔喔喔喔喔喔喔喔喔喔喔！」

「今天來參加派對……實在太好了……」

「感激不盡！感激不盡！」

「糟糕！早知道我就扮成麋鹿過來了！這樣說不定就可以讓她們騎到我身上！」

最後那個傢伙，你說的都是什麼鬼話啊？我記住你這個危險人物了喔。要是你敢對她們三個亂來，可不要妄想能全身而退。

「同學們晚安，我是志田黑羽。」

「我、我是可知白草。」

「人家是桃坂真理愛☆」

三個人簡單做了自我介紹，光這樣就能表現出個性。

黑羽多少看得出在緊張，但是仍一派自然。

白草僵硬到整張臉都繃住了，看起來甚至有點恐怖。

真理愛反而都在裝，從容到讓人覺得她是刻意的了。

但這都不是什麼大不了的問題。有此等美少女們扮成應景的迷你裙聖誕女郎現身，光是如此就已經夠歡樂了。

「請問妳們的團體名稱是什麼呢？」

突然有問題拋來，是女生的嗓音。

「「「！」」」

意料外的狀況，只見她們三個都慌了。

「我覺得呢！」

方才提問的女生繼續說：

「『Azurite』會是個不錯的團體名稱！那是用來製作群青色顏料的礦石名稱！請問大家覺得怎麼樣！」

「噢噢噢噢噢噢！」

這個女生真夠主動耶！老實說，連我沒有直接牽扯在內都緊張得心跳加速了。

不過，她的熱情與喜愛已經充分傳達到了。這個女同學肯定是看了我們在沖繩拍的偶像宣傳片，就成了黑羽等人的粉絲。

她對黑羽等人沒有團名這一點感到遺憾，才會自己幫忙想吧。從言行與散發出來的氣息便能充分體會到。

「Azurite」這個團名也是經過苦思的產物，我可以理解。為了取個能讓大家接受的名字，她應該花了不少心思來因循群青同盟的名稱。

黑羽等人看向站在主持台前的哲彥。感覺她們是在問：怎麼回應比較好？

「呃～～關於剛才的提議，我還必須詳加研究，比如查查看有沒有跟既有的偶像團體撞名，所以沒辦法當場就回答ＯＫ——」

哲彥用力點了頭。

「但是謝謝妳，我會認真考慮的。身為群青同盟的領袖，我保證會將這個名稱列入備選名稱之一。」

「我才要感謝你呢！」

噢噢，哲彥滿會做人的嘛。沒辦法當場說ＯＫ也是無可厚非，這算不錯的判斷吧。

「我的意見就說到這裡。請大家再繼續關注舞台的表演！」

在場觀眾的視線一起轉向舞台。

受到注目，黑羽有所遲疑。旁邊的白草用手肘朝她頂了頂，可見這是該黑羽講話的場面，然而卻出了這樣的突發狀況。黑羽似乎在煩惱要怎麼將場面圓回來。

黑羽緩緩地做了一次深呼吸，然後才開口說道：

「那麼，請讓我重新感謝今天來看我們上台表演的各位。自從這場表演敲定以後，我每天都心情憂鬱，老實說直到剛才都在指望活動能不能中止。」

會場頓時傳出了笑聲。

別那麼想嘛～～！有人如此高呼，笑容又蔓延開來。

「不過剛才聽見提議的團名，讓我體認到我們相當受期待，有很多人都期望看我們表演。既然如此，都已經登上舞台了，我也希望拿出所有練習的成果，跟大家歡度聖誕夜……妳們說對不對？」

黑羽看向旁邊。

白草把頭戴式麥克風湊到嘴邊，嘀咕了一句：對啊。真理愛也笑著附和：是的。

這種可以看出表演者平時關係的舞台對話，頗得我好感。

「可以的話，請大家從第二段副歌開始就跟我們一起跳。這套舞步很簡單的……那麼，我想差不多要開始了。想必有表演得不盡理想的地方，但如果能跟大家一起同樂就很令我慶幸了。曲名是——《派對之夜》。」

她們三人行禮以後，掌聲響起——前奏就開始播放了。

徐緩的抒情曲調。然而氣氛跟剛才神祕少女在驚喜節目唱的失戀歌截然不同，這是帶來歡樂的節奏。

「今天是聖誕節♪　快點過來這邊♪　跟大家忘懷一切♪　一同歌唱吧♪」

總一郎先生提供的這首聖誕歌表達出了聖誕節的歡樂氣息。

談到聖誕歌，滿多首都跟戀愛有關。

但這首歌既沒有戀愛也沒有宗教色彩，歌詞只說要歡度聖誕。

黑羽她們的舞步相當可愛單純，一面原地踏步一面做簡單的手勢而已。我想這樣很快就能讓觀眾們學會，並且從第二段跟著一起跳吧。

（帶所有人一起跳舞，進而營造一體感來炒熱氣氛，說起來不知道這是誰想出的點子……）

忽然間，我思考到這樣的問題。

記得哲彥並沒有參與黑羽她們的企畫。

哎，誰想的都無所謂吧。

無論是誰提出的方案，她們三個都有一起討論，並且認定這就是她們要的。既然如此，將這種單純的舞步以及現場的一體感視為她們追求的路線才自然。

有別於讀小學時，成為高中生以後能過節的機會就大幅減少了。像是女兒節或七夕之類，在升上中學後頂多只會在看日曆或新聞時想到「對喔，今天是節日」。

已經不必再去兒童會，學校也不會舉辦應景的活動。

因此與小時候相比就變得不太能享受聖誕節了。在街上聽見的聖誕歌會是最能感受聖誕氣氛的過節要素，到去年為止我最多只有在黑羽家吃塊蛋糕。雖然黑羽家到去年都還有小學生在，所以還有擺一棵小巧玲瓏的聖誕樹做裝飾，但今年會不會就難說了。

不過今年另當別論。

「今天是聖誕節♪　快點過來這邊♪　跟大家忘懷一切♪　一同歌唱吧♪」

不知道多久沒有像今天這樣過得這麼有聖誕節氣息了。跟大家一起聽聖誕歌，一起做同樣的手勢起舞。這讓我有種相當懷念的感覺。

此時此刻，我體認到今天是個十分美好的聖誕夜。

三個人的舞台表演在轉眼間結束了。

「呃，雖然上台的時間很短暫，感謝各位同學捧場！」

由黑羽代表答謝以後，三個人一起低頭行禮。

然而就在這時候——

「安可！安可！」

傳出了這樣的聲音。

情緒一度點燃後，就一舉延燒開來。要求安可的聲音立刻蔓延，不知不覺迴盪在整座會場。

「那、那個，我們並沒有準備安可曲，所以……」

心慌地回話的黑羽被哲彥打斷。

「那麻煩妳們再唱一次同樣的曲子！時間方面也不要緊，剛才跟工作人員確認過了！拜託妳們！」

「噢噢噢噢噢噢噢噢！」

哲彥在這種時候的應對著實靈活，會場氣氛都被他看在眼裡。

黑羽她們望向彼此的臉，然後帶著嘆息互相聳了聳肩。

不過黑羽立刻露出笑容點點頭，並且開了口：

「我明白了，那我們再唱一次。假如有人能一起唱或一起跳，請務必跟著參與。」

於是會場又播起了樂曲。

大家肯定都希望能在這段如夢似幻的時光多待一會。

——這就是聖誕節。

在記憶深處，銘記著對聖誕節溫暖與歡樂的模糊印象。

那段懷念的記憶被挖掘出來，讓大家有了笑容。

我們惜分惜秒地度過了這段溫馨無比的時光。

＊

在黑羽、白草、真理愛唱完致謝以後，同學們送上了大大的掌聲。

感覺並不是情緒急促沸騰，或者氣勢磅礴的那種掌聲。

這種鼓掌方式就像在答謝黑羽三人帶他們度過了一段快樂的時光。

「那麼，讓我們順勢進入『特別企畫』吧。請三位留在舞台上。」

守在舞台旁的我一直等著要大力稱讚她們三個，因此心情像是撲了個空。

（這麼說來，節目表是有這樣的企畫……）

記得上面有寫著「特別企畫！內容是祕密！」。任誰來想都會覺得黑羽她們上台表演就是全場最HIGH的時刻，不知道派對收尾究竟還準備了什麼企畫。

當我正在觀望時，哲彥突然透過麥克風扯開了嗓門。

「末晴！你在舞台旁吧！過來台上這邊！」

「啥？」

突然被點名讓我吃了一驚。

（哲彥這傢伙在想什麼……？）

我有不好的預感。可是——當我悄悄地從布幕縫隙望向會場，就發現同學們都滿臉期待地在守候著會有什麼節目。

先前有我跟哲彥的表演，還有黑羽等人的表演接連炒熱會場氣氛，現在仍留有那股餘溫。

「喂，姓丸的！趕快出來吧！」

「你被指名了喔！」

心急的會場傳出聲音。

唔唔，氣氛變成這樣，要反抗實在有困難……只能下定決心走出去嗎……

我做了深呼吸，然後走向舞台。

我試著向大家揮揮手。因為是被迫上台，臉頰不由得繃緊了。

「別讓我們等啦！」

「啊，他還穿著黑西裝！」

「果然很帥耶！」

「你少得意！」

「阿部學長呢～～？」

在夾雜歡迎與臭罵的呼喊聲當中，我只對臭罵予以忽視，並且站到了能跟黑羽她們面對面的位置。

「呃～～關於這次『特別企畫』的內容──」

哲彥說到這裡先把話打住，然後拿了擺在主持台的……呃，那大概是信吧……並且高高地舉了起來。

「我要讀這封信。你們幾個，都仔細聽著吧。」

信嗎……

提到在大庭廣眾下讀信，我想起小時候硬是被帶去參加阿姨的結婚典禮，不免俗地有那種讀信向爸爸媽媽致謝的場面。

現在哲彥卻說要當著我們這些成員讀信。難道是寫給群青同盟的粉絲信嗎？

「『給志田黑羽、可知白草、桃坂真理愛：我從以前就一直看著妳們。而且每當看著妳們，我就感到心頭一熱。』」

讀到這裡，哲彥吹了聲口哨。

「你們懂了嗎？——這是情書。」

「噢噢噢噢噢噢噢噢！」

會場的熱度又一舉直上最高峰。

哲彥把食指湊到嘴唇。這是叫大家安靜的手勢。

同學們看見就漸漸安靜下來。

哲彥看準時機，繼續把信讀下去。

「『但是，我有個煩惱。那就是妳們三個都太有魅力了。』」

會場頓時群情沸騰。

「『由於妳們三個都太有魅力，我全都喜歡，無法只選一個人……唔！這是個大問題。』」

信讀到這裡，反應意外地不錯。

大概是引起了共鳴，也有同學連連點頭。『我也是主推志田同學，但其實對另外兩個女生也——』還聽得見這樣的嘀咕。

「『小黑一向很溫柔，雖然喜歡擺姊姊的架子，但是正因為這樣才能與嬌小可愛形成最棒的反差。還有，小黑也從很多方面關照我，因此我在她面前抬不起頭。小白則有著吸引人的酷酷氣質，而且她只會對我一個人笑，這簡直讓我心花怒放。』」

「……嗯？」

這什麼情況？寫信者居然叫黑羽「小黑」，還叫白草「小白」，我以為只有我會這樣叫她們……怎麼回事啊……

「『至於小桃總是惹人憐愛，簡直是理想中的妹妹，而且她一積極展開追求，我就會冷漠以對，但我心裡其實緊張得不得了。』」

「嗯？嗯嗯嗯嗯……？」

那、那個～～怎麼搞的啊……該說有既視感嗎……我有種「這陣子腦袋裡的想法」都被人看透了的感覺耶……

「『我不斷煩惱……但是，想不出結論。因為妳們三個都太有魅力了。既然如此，三個一起愛不就好了嗎！我領悟到了這一點！』」

「他說什麼！」

「這傢伙在鬼扯什麼啦！」

叫罵聲此起彼落。

哲彥安撫似的舉起手，然後繼續讀信。

「『因此我已經下定決心，要向妳們三個人告白！小黑！小白！小桃！妳們三個我都好喜歡！請跟我交往！……以上的告白來自——丸末晴！』」

「居然是我嗎！」

我忍不住吐槽了。不對，我不得不吐槽。

要說我對內容是否心裡有數……有是有啦……但是我再離譜也不會寫出這種情書！無論我的心思被人看透了多少，我敢斷言的就只有這一點！

尤其「要求三個女生都跟我交往——」更不可能。我就是講不出那麼霸道又不負責的話，才會冒著被討厭的風險跟她們拉開距離，好讓自己冷靜下來思考。

可是哲彥卻唸出了「丸末晴」的名字，應該也有不少同學從事情前後的發展看出我並沒有寫信，但至少現場就是會當成我有寫信，並且將這所謂的「特別企畫」繼續進行下去。

（——嘖，我被算計了……！）

完全被對方陰了。

雖說聖誕派對是只要能熱鬧就一律ＯＫ，我卻沒想到這次企畫會在大庭廣眾搞這種把戲……

能想到的犯人只有一個——

（可惡，哲彥這傢伙……！）

雖然我不清楚他的用意，反正這場惡作劇就是要攪亂我們的關係吧。

非得否認才行，不然就要鬧出天大的風波了。

「哲彥，你夠了！這是在搞什麼——」

「——抓住他！」

哲彥下的指示比我喊得還快。

原本待在舞台旁的學生會成員從他背後衝了過來，而且對方大概早就叫好了幫手，還帶著三個魁梧的運動型男生。

多虧如此，我在轉眼間被按在地上，嘴巴更被他們用手帕堵住，落得跟罪犯落網時一模一樣的處境。

「呃～～末晴似乎到現在還不肯承認罪嫌，我判斷他會妨礙活動進行，所以決定派人將他制伏。大家放心，等這場活動結束就會放人了。」

「唔～～！唔～～！」

我做了抵抗，但他們甚至給我上了玩具手銬。因此我連嘴巴被堵住都莫可奈何。

「好耶好耶！」

「幹得漂亮！」

「乾脆直接把他交給我處置！我會好好修理他！」

我到底……到底招誰惹誰啊……唔唔唔唔唔唔！

你們幾個之後給我記住！我絕對會回敬你們！

這段期間哲彥還是在主持活動。他改向黑羽她們搭話了。

「那麼，三個人受到了衝擊性的告白！她們會如何答覆呢！值得注目！放音效！」

哆哆哆哆哆哆——小鼓連擊聲響起。

我聽過，那是在猜謎節目之類提到「正確答案是～～！」的時候，用來炒熱氣氛進而拖延時間會配上的音效。

啊～～到了這一步我也無法抵抗，只能任人宰割。

我害怕的是，剛才哲彥讀的那封信——「跟我目前的心境並沒有太大差異」。

區別在於信裡寫到希望跟她們三個同時交往，就這一段而已。前面提到她們三個都太有魅力而讓我受了吸引，結果便陷入苦惱的部分可以說完全就是我的心境。

這表示「狀況可說是我的心情在台上被人發表出來了」。

不知道黑羽她們是懷著什麼樣的心情在聽，不知道她們對這項企畫本身是否知情。

（……先假設她們不知情吧。）

這麼一想，以某方面而言，黑羽、白草、真理愛可以說「已經被我告白了」。當然，同時把三個人當對象的告白實在是糟糕透頂。

（——我一直都在「害怕自己會失去她們的理睬」。）

從三個有魅力的女生當中選一個——我並沒有那麼高的身價。畢竟我不覺得自己有那樣的魅力，更沒有自信能逗女生開心。

我有感受到她們三個的魅力，而我光是要「避免失去她們的理睬」就費盡心思了。

我會跟她們三個拉開距離，還堅持要老實，結果都是歸結在這一點上面。

先別說選對象，我只是不想失去她們的理睬而已。

這肯定是哲彥的企畫吧。因為我一直懷著怕事的心態囉哩囉嗦，他就硬是把我抓到台上公審了。

不知道黑羽會怎麼想。

我已經被黑羽告白過。雖然關係毀棄了，跟我曾經稱得上準情侶的她還當過我的「青梅女友」。假如這封信是在我剛被告白時被讀出來，或許黑羽會覺得「同時向三個人告白是有問題，不過先交往看看吧……」這樣的可能性並非為零。可是在保持距離宣言出現後，關係隨之降溫，現狀是我看不見告白能夠讓她答應的未來。我是不是錯手斬斷寶貴的情誼了……這樣的後悔令我內心焦灼。

白草真的讓我想不通。

我認為她對我有好感，卻還是無法否認那有可能屬於對恩人的心意。畢竟我說到要保持距離時，她就乖乖地聽從了，還用好朋友的距離來對待我。雖然我很高興她肯聽從我的意見，懷疑她對我的喜歡並非男女朋友那種喜歡的念頭還是抹拭不去。

我認為真理愛對我有好感。

雖說她沒有向我告白，但應該不會錯吧。從她之前在舞台合演時的言行就讓我強烈感受到了。可是我說想保持距離，她都沒有聽進去，讓我生氣了好幾次。儘管目前她是用友善的態度跟我相處，卻難以斷言並沒有對我當時發脾氣的事情懷恨在心，因而讓戀愛情感降溫。

小鼓連擊聲仍在持續。

拖延回答的時間——提升期待感——停頓夠久以後，小鼓連擊聲戛然而止。

「來吧，妳們的回答是？」

我擦亮眼睛看向她們三個。

於是她們三個——同時對我低下頭。

「「「——對不起！」」」

……儘管理所當然，卻毫不留情的台詞。

「哎呀～～她們的答覆是對不起～～～～～～！」

哲彥興高采烈地喊道。

但我的心已經冷透了。

沒辦法，我是有這種想法。畢竟我明明有時間，結果卻沒能選出一個對象。

這是我優柔寡斷應受的懲罰，我是應當被她們傻眼看待的男人。

但是——很不可思議。隨著悲傷從內心深處湧上的情緒是我對她們三個的心意與懊悔。

——「我不會因為這樣就放棄」。

我如此心想。

「遺憾！末晴被甩掉了！趁現在來採訪她們三個吧！」

哲彥迅速上台，並且把麥克風遞向黑羽。

「志田，這是為什麼？」

「呃，因為，雖然我喜歡小晴，還跟他是青梅竹馬，可是會對別的女生色瞇瞇就有點……」

「啊～～這也沒辦法嘛。青梅竹馬就是有滿多這種鬧誤會的套路～～」

胸口好痛，痛得像是要裂開。

但這是我自找的痛。

「那麼可知呢？」

「小末是我寶貴的恩人兼朋友啊。不過這跟戀愛方面的喜歡屬於兩回事。當然如果不是同時向三個人告白，或許我起碼會考慮看看……就算那樣，不專情的人就不會被我當成對象。」

「這樣的回答可真狠！」

就是啊，我就知道白草會這樣回答。

為什麼友情的喜歡與戀愛的喜歡會這麼難分辨？要是能夠好分辨一點，愚蠢的誤會就會少很多耶。

「最後來問真理愛的意見是？」

「人家很喜歡末晴哥哥啊。可是就像另外兩位那樣，人家對他的喜歡屬於對兄長的敬愛之情……再說同時跟好幾個女生交往，在道德上未免……」

「哎呀～～青春期的女生真難理解耶……」

我覺得自己好蠢。明明當著這麼多人的面前被甩了，我卻覺得她們三個比以前更有魅力了。

「為什麼我以往都沒有多跟她們好好溝通呢」？

看她們展現對我的好意，我有表達過自己很高興嗎？為什麼我把距離拉開了？既然煩惱自己做不出決定，為什麼我沒有把話說得更坦率？

因為我覺得說了就會被討厭？假如我講出了自己坦率的想法就會讓她們覺得噁心而被甩，那才叫無可奈何吧？

早知道我就更完整地傾瀉出想法了。要是我能藉此了解她們三個的想法，然後勇於去面對並思考就好了。沒有錯，「溝通」才是我必須做的。

我缺乏戀愛經驗，原本出現在我身邊的女生又只有黑羽而已，所以我跟女生講話都會莫名害羞，我都會希望稍微耍帥。

但與其在這種形式下被甩，就算會讓她們瞧不起，我還是該多溝通才對——我如此心想。

哲彥看我變得安分，就問了一句。

「末晴，你不會再掙扎吧？」

「唔～～」

由於我被魁梧的男生們按住，充其量只能點點頭。

「——放開他吧。我有事情要轉告他。」

話說完，哲彥就走向舞台旁。

這段期間，銬著我的手銬被鑰匙解開。

然後我就用重獲自由的手拿掉堵著嘴的玩意兒。

「怎樣啦，哲彥，你是要轉達什麼？」

我的聲音在發抖。這是先前被甩受到的打擊化成了顫抖撲向全身所致。

好冷。氣溫固然低，但我覺得骨子裡更冷。

感覺牙根都冷得快要脫落了，我靠著咬緊牙關拚命忍耐。

走向舞台旁的哲彥拿了東西回到這邊。

於是他來到舞台中央後，把那高高地舉起。

上頭是這樣寫著的。

——整人企畫。

「啥……？」

此刻就算我發狂大吼，也會被容許吧。

「是的，特別企畫就是整人企畫！」

「噢噢噢噢噢噢噢噢！」

會場的情緒一舉沸騰。

大家都跟身邊的人面面相覷，並且彼此討論。

「啊，原來如此！」

「原來是這麼一回事啊！」

「我就覺得奇怪……」

「坦白講，我覺得很痛快！」

哲彥朝著睜大眼睛愣住的我問：

「喂，末晴！嚇到了吧？這個企畫設計得夠不夠用心？」

哲彥賊笑。

受不了，這個傢伙實在是——

「你這混帳～～～～！」

我向拿著整人企畫告示牌的哲彥伸手一抓。

「欸，你以為我是用什麼心情聽她們說剛才那些話的……！想整人也是有分該做和不該做的事吧～～～～！」

「這對沒腦子卻猶豫不決的你來說是一劑良藥吧？」

「別開玩笑啦～～～～！」

我氣得出手猛推哲彥。

哲彥卻巧妙鑽過我的手，然後迅速扭住我的手臂反擊。

「痛痛痛！可惡，你搞屁啊！哲彥！」

哲彥就這樣制住我的行動，還用只有我能聽見的音量細語：

「末晴，你會生氣是可以理解，不過……被整以後才讓你認清了某些事吧？」

「！」

我的喉嚨不由自主地哽住了。

懊惱歸懊惱，但是哲彥說得對。

這次的整人企畫對我來說簡直是一場惡夢，彷彿「不願成真的景象」變成了現實。要說的話，「我就是不希望落得像這次整人的結局，才打算跟黑羽她們拉開距離」。

可是我被她們三個甩了，那拉開距離的意義是什麼？毫無意義吧？我是不是搞錯方式了？被甩以後才發現這個道理，我是不是太蠢了？——我被迫面對攤在眼前的這些事實。

拜此所賜，我就像哲彥說的那樣，認清了一些事情。

或許我有必要冷靜對待這個問題，但不能先跟她們深入「溝通」的話就毫無意義了吧。

結果，我需要的並不是拉開距離讓自己冷靜，而是敞開心房跟她們溝通。

如果沒有「溝通」就這樣結束，我一定會後悔。我如此確信。

這次的整人企畫讓我察覺了這一點。

黑羽、白草、真理愛三個人朝我接近而來。

「小晴，對不起喔！我並沒有那麼想！剛才的台詞都是照劇本說的！」

「你不能信以為真喔，小末！我是被逼著配合的！」

「就是啊，末晴哥哥！那些台詞，每一字每一句都是假的！」

她們三個對我投以溫柔的話語。

我一度以為完蛋了，我有了她們再也不會對我笑的覺悟。

但現在她們帶著歉意的表情以及充滿善意的視線闖進眼裡，就逐漸湧上這才是現實的感覺。

（幸好……）

眼睛被淚水濡濕。

總覺得腦袋無法運作，我當場發軟坐到地上。

「哈哈，什麼嘛……哈哈哈……」

或許只能笑笑就是指這種狀態。

我有許多話想說，感覺想大鬧也想大哭，情緒亂成了一團，但是到最後似乎都總結在這句「幸好」上面了。

黑羽靠近我並且伸出手。

「小晴，真不知該說你迷糊還是對自己太缺乏信心……你沒立刻發現這都是騙人的嗎？」

「呃，誰教我最近都沒有好好跟妳說到話，同時向妳們三人告白的情境又糟到了極點……」

「對你冷漠是『伏筆』。用那種冷漠的態度對你，連我都覺得相當害怕喔。」

「是、是這樣嗎……？」

「對啊。哎喲～～！小晴就是這麼笨。」

啊，好久沒聽見「哎喲～～！」了。這是彼此關係出現隔閡後，我一次都沒聽過的台詞。

光是這樣，我的淚腺又守不住了。

「不好意思喔。我就是笨。」

太好了……真的太好了……

當我感到心安並牽起黑羽伸過來的手，黑羽就在頭戴式麥克風的開關仍開著的狀態下嘀咕。

「──那些整人的台詞，哪有可能是真的嘛。明明我從以前就一直喜歡小晴。」

黑羽吐出如此令人震驚的台詞，拉著我站了起來。

「嗯？」

「……啊？」

「……咦？」

「……喔？」

有段奇妙的空檔。

那是完全出乎意料的話傳到我耳裡造成的。

（……咦？剛才……奇怪？我該不會……被告白了吧……？）

啊，不對，怎麼會嘛……

在這樣的舞台上？明明有這麼多人在聽？

不、不可能的嘛～～……肯定是幻聽～～……

「小晴，你的臉是怎麼了？我說自己『喜歡』你，有那麼奇怪嗎？」

…………咦，這並不是幻聽嗎？

我「啪」地拍了手。

「我懂了，妳是指身為青梅竹馬的那種喜歡吧。」

「不對——我說的是『把你當戀愛對象的喜歡』。」

寂靜籠罩了會場。

這次有前面那些話做引子，會場裡的同學便聽得清清楚楚。

有男生目瞪口呆，更有女生驚訝得拽了拽旁邊朋友的袖子低聲問道：「欸欸欸，剛才那些話妳聽見了嗎！」

掌握事態的反應速度有個人差異。

然而經過大約十秒鐘，任誰都會察覺。

剛才，「志田黑羽」在「大庭廣眾」向「丸末晴」告白了。

「「「咦咦咦咦咦咦咦咦咦咦咦咦咦咦咦咦咦！」」」

驚愕與緊張上升到最高點，然後像膨脹過頭的氣球一樣爆開了。

待在台上的哲彥、白草、真理愛也不例外。他們睜大眼睛，一連眨了好幾次，而且大概是無法接納事態，就帶著訝異的表情愣住了。

「小晴，你聽我說，這是我導出來的答案。」

仍未從混亂振作起來的我只能點頭。

黑羽切掉頭戴式麥克風的開關。

她應該是判斷接下來沒必要特地讓大家聽吧。

「我呢，已經察覺到了，我跟你『並不是對等的』。」

「對等……？」

「以前，我向你告白過。結果我就提議不要當男女朋友，而是保持離男女朋友仍有一步距離，等到想當男女朋友就能更進一步的『青梅女友』關係，對吧？」

「是、是啊……」

黑羽到底要說什麼啊！連「青梅女友」的事都要在這麼多人面前講出來嗎！

不行，我的腦袋一片混亂，沒辦法釐清思緒。

「但是，後來我重新思考了許多，就覺得這好像滿卑鄙。」

「哪裡卑鄙……？」

「畢竟小晴是在大家面前，還在播放次數那麼多的影片中向我告白。但我不一樣，我是在兩人獨處時告白的。」

啊……啊～的確，聽她這麼一說……

「小晴，我一直都想跟你保持對等，可是受折磨的卻只有你。這樣不合我的作風，『只有我沒犧牲自己』，所以我覺得這樣是卑鄙的。」

「難道說，剛才妳就是因為這樣——」

「沒錯，在這裡向你告白，是為了讓彼此對等。『我要當著大家面前告白才可以取得跟你對等的立場』。」

「為、為什麼要做到這種地步……」

我不能不問。

坦白說，我並不覺得黑羽卑鄙。就算其中一方當眾告白過，也不代表另一方就非要跟著當眾告白不可吧。

「我覺得小晴現在無法選擇我。當然，我也理解其中的理由。然後當我煩惱該怎麼辦時，就想到或許在只缺最後一步的情況下，有『不公平感』從內心深處跑出來作梗。」

「！——」

我懂了，原來她是這個意思。

當我要選出一個人當對象之際，要是對黑羽冒出了「即使她願意向我告白，之前我也已經受過一次被甩掉的傷害了……」這樣的念頭，就有可能去選另外兩個人。黑羽是這麼思考的。

同學們正在鼓譟。好像是因為黑羽切掉了頭戴式麥克風的開關，導致他們只能斷斷續續聽見我們在講什麼。

不過台上的群青同盟成員似乎都聽得很清楚。他們都帶著嚴肅表情在聆聽黑羽說的話。

「『青梅女友』的關係撤銷以後，我想了又想……得出的結論就是這樣。『我不希望讓自己後悔，我希望盡力做到最好。我有的念頭，就這樣而已』。」

那強烈的意念震懾了我，我深刻體認到黑羽是經過一路思索，最後才像這樣站在台上向我表明心意。

「啊，難道妳剛才說冷漠對待我是『伏筆』，真正的意思是指──」

「沒錯，我指的不是整人企畫的伏筆，而是指『希望在這裡告白能發揮最大的力量』。因為我冷漠對待你，不就讓你重新審視我們之間的關係了嗎？」

「哎……正如妳所說……」

當我跟她們三個都保持適當的距離而拖拖拉拉時，就失去了危機感，還覺得這樣的距離既輕鬆又自在──開始有這種念頭以後，或許就慣壞了自己。

有一部分確實是因為黑羽對我冷漠，我才不得不認真面對彼此之間的問題。

「小晴，我現在只有一件事要拜託你。」

黑羽毅然告訴我。

「不要馬上給我答覆。因為我十分明白，在這種狀況根本做不出冷靜的判斷。」

「……我知道了。」

我果然都被黑羽看透了。

如果當場叫我做決定，我大概會跟在神社被告白那次一樣——做出跟「青梅女友」關係成立時一樣的結論——因為做不出選擇，為了不讓黑羽被綁住就只能甩掉她了……我應該會抵達這樣的結論吧。

「然後，我要再跟你說一次。」

黑羽咳了一聲，並且再次切下頭戴式麥克風的開關。

「——小晴，我喜歡你～～～～～～～！」

迴盪於體育館的高喊。

甚至造成音響有回音而讓同學們陸續捂住耳朵。

黑羽喘得肩膀上下起伏，還當場順勢扔掉了頭戴式麥克風。

接著她朝我走近一步，將右手伸向前。

「小晴，請讓我再當一次『青梅女友』。要說的話，這算是『新青梅女友』。我會用『新』這個字，是想表示這一次並非祕密的關係，而是對外公開的關係。請跟不再卑鄙的我再一次從頭累積彼此的關係。還有——」

黑羽講出了我希望告訴她的話。

「我們要好好地多溝通喔。儘管有很多部分會覺得不好意思，即使如此，我覺得那比雙方什麼都不說而後悔要好多了。」

……感覺我想說的都被她說出來了。

整人企畫的失戀體驗讓我發現，自己尚未好好地表達過想法。而且也被迫自覺到，我喜歡她們三個，還對她們懷著強烈到即使被甩掉也無法死心的感情。

我用雙手緊緊握住了黑羽伸來的手。

「我才要請妳多多指教。我也有很多話非說不可。」

「呵呵，果然是這樣。我早就有這種感覺。」

「真是敵不過小黑呢……」

會場的人都傻眼了。

狀況太離譜，大家似乎搞不懂整人企畫包含到哪些部分。

就在這個時候——哲彥湊了過來。

「好的，以上就是群青同盟特別推出的整人企畫！請大家拍手！」

剛才舉給我看的整人企畫告示牌，這次轉向會場的同學們。

……原來如此，哲彥認為把整件事統統當成整人企畫會是最妥當的。

「你何必那樣做呢。」

黑羽朝他嘀咕了一句。

哲彥就靠向黑羽低聲說道：

「不過，從末晴的立場來想，會希望替妳減輕負擔吧？」

哲彥想表達的大概是這個意思，當成整人企畫對黑羽會比較好。

的確，假如沒有全推給整人企畫，黑羽應該就有得受了。

新年過後第一天上學，她會遭受朋友的問題轟炸，說不定全校都會有人跑來想見她一面，大傳特傳流言，情況肯定會一發不可收拾。

畢竟我在告白祭之後就有那樣的遭遇。

但是趁現在當成整人企畫的話，東問西問的人應該會少很多。再間隔寒假，肯定會比當成真正的告白更能讓風波迅速平息。

「哲彥說得對。我也覺得當成整人企畫比較好。」

「小晴，意思就是你把我的告白當整人嘍？」

黑羽噘起了嘴巴。

「不，這次我曉得妳是認真告白的。但我希望能讓妳免於煩心，就這樣而已。」

「要不然這樣辦吧？」

哲彥提議：

「被問到的話，末晴就說是整人企畫。志田則可以跟親近的朋友，或希望得到理解的對象解釋自己是認真的。我們都知道志田講究的是公平，這樣就夠了吧？」

「可以啊，對我來說夠圓滿了。」

黑羽聽見我說的話，就聳了聳肩。

「好吧，既然小晴這麼說的話。」

「那最後來結尾吧。」

哲彥把整人企畫的告示牌擱到地上。接著，他帶我和黑羽到白草還有真理愛身邊。

「感謝各位同學今天願意來參加聖誕派對！」

哲彥回過頭，並且用眼神對我打信號。

我們點頭以後，就配合哲彥行禮。

「這次群青同盟受了學生會之託，來幫忙炒熱派對的氣氛，我想在場的人都會贊同我們有充分達成工作吧。所以嘍，學生會欠群青同盟一次人情。下次群青同盟發生狀況的話，學生會也會提供協助吧？學生會長小姐，妳說是不是？」

「嘖，居然當眾討人情……這樣就推不掉了。哲仔，算你有一手。」

待在會場一角的瑪琳咂了嘴。

哲彥看見她那不甘心的表情，就滿意而自信地笑了。

「那麼，姑且讓我在此做個收尾——今天謝謝各位了！祝聖誕佳節快樂！」

會場響起轟動的掌聲。

我們又一起向觀眾鞠躬致意。

雖然我有這樣的認知，至今還是缺乏真實感。

（我被黑羽用不得了的方式告白了——）

總之我強烈地感到安心。

被她們三個甩掉是整人企畫真的太好了。

原本以為被黑羽討厭了，後來才知道那是她要告白的伏筆。

明天我可以帶著笑容迎接她們。

這對我來說，就是最棒的聖誕禮物。

終章

＊

從夜晚的堤防道望向河流，感覺又黑又恐怖。路燈的光源遙遠，腳底下太暗，因此會擔心有沒有可能從堤防滾下去。

天上飄著雪，樣似牡丹花瓣的雪片。強風吹拂而來，好似要令人凍結的寒意便侵襲全身。

然而我一點都不覺得冷。

這大概是因為我看出滿臉通紅的黑羽應該有跟我相同的感覺。

「總覺得事情變得好誇張……」

「哎，因為我把問題鬧大了啊……」

聖誕派對的歸途。我和黑羽兩個人正走在回家路上。

平時白草與真理愛都會加進來，稀奇的是這次沒有。

她們倆都像失了魂。白草有峰和紫苑照料，真理愛則是有玲菜在旁搭話，但她們倆都毫無反應地呈現呆望半空的慘狀。

哎，即使她們想加進來，我應該也會斷然拒絕。

畢竟我有話想跟黑羽慢慢談。

「總之我跟哲彥講好了，絕對不會把妳的告白剪成影片上傳發表。」

「反正小晴的早就上傳了，我覺得沒什麼關係。」

「或許妳是堅持要對等才這麼說，但我討厭那樣。」

要是那種場面或台詞被上傳到Ｗｅｔｕｂｅ，會造成極大的話題，足以鬧上談話性節目。我是不怕羞恥才無所謂，但黑羽受到牽連可就辛苦了──我就是討厭那樣。

黑羽對於在告白祭上甩掉我一事，已經傾全力表現了誠意。她自我犧牲來展現自己的心意有多真摯。

那樣就夠了，沒必要讓她受更多苦吧。

「謝謝，小晴果然很溫柔。」

「沒那回事……我原本是想這麼回話啦，哎，就讓我刻意回答『沒錯』吧。畢竟我不像妳，有假裝冷漠的本事。光從這一點來想，自己被形容成『溫柔』好像也無妨。」

「唔唔！沒、沒有啦，那是因為……」

「之前妳對我有多冷漠，我被告白時當然就有多震撼。不過，那對我造成了超大的打擊耶！

原本我就覺得中止『青梅女友』的關係也許多少會惹妳討厭，可是被無視到那種地步……我真的煩惱過到底要怎麼辦喔！」

「……也對。這部分——我要向你道歉。即使我說自己有強烈的欲求想將心意傳達給你，聽了你那些話，我還是覺得自己做得太過火而做了反省。」

太好了，黑羽坦率地道歉了。既然如此，我就無意再責怪她什麼。

這次黑羽並沒有說謊。或許對我冷漠是她的演技，然而她無疑是對我做的「想保持距離宣言」以及「毀棄青梅女友關係」懷有不滿。黑羽只是用對我冷漠的方式來表示她的不滿，一般大概可以稱作「鬧彆扭」吧。

「……是嗎？呃，既然妳願意反省，那就夠了。畢竟妳也提議了『青梅女友』這種讓我輕鬆自在的相處關係，我卻擅自將關係毀棄。」

「那確實是讓我有點想抱怨的一點，因為跟被你甩掉差不多難受。」

「沒有，那是因為……應該說，正因為我意識到妳，才不得不——」

「——呵呵。」

黑羽一面走一面笑了。

「果然心意不說出來就沒辦法傳達給對方呢。」

「……對啊。不溝通就沒辦法相互理解。」

這次的事情讓我想到有好多事傳達不了而造成後悔。假如我就這麼被甩又找不到跟她們對話的契機要怎麼辦？我認真地這麼思考過。

所以講出來吧，講出我坦率的心意。

「小黑，我喜歡妳。我不只把妳當成青梅竹馬，還把妳當成戀愛的對象。」

「小晴……」

黑羽的臉變得更紅，還像熱昏頭似的對我嘀咕：

「聽你說得那麼直接，實在很難為情……」

「哎，看到妳那樣的反應，我講了也覺得很害臊……」

我自認有收斂表情，可是黑羽的臉龐太可愛了，使我一下子覺得肉麻，一下子又心煩意亂而難以冷靜。

話雖如此，我認為這也是非講不可的想法，就深深地吸了氣。

「同時，我也有受到小白和小桃吸引，所以沒辦法現在立刻做出結論。」

「……嗯。」

黑羽緩緩點了頭。

「我之所以說要拉開距離，是因為受妳們三個吸引，又做不出決定，變得很窩囊，還想要保持老實的態度跟妳們相處。『青梅女友』的關係也是在這一層顧慮之下取消了。」

「……我曉得。」

「……我就知道是這樣。」

「然後呢？你想談的事情並不是這樣就結束了吧？」

黑羽依舊把我看透了。

我停下腳步。

黑羽同樣停下腳步，然後回頭。

「我一遇到色誘就會被迷得神魂顛倒，又完全沒有跟女性交往的經驗，所以動不動就要鬧誤會或失去控制，還會暴露出自己很多不中用的地方，但我是因為喜歡妳，而且認真在思考這段感情——所以請再給我一點思考的時間。拜託妳。」

「唉～～」

黑羽聳了聳肩。

「我全都曉得。但我會說自己喜歡你，就是連這些都包含在內，所以我當然會等。」

「小黑……」

「倒不如說，你胡亂拉開距離才比較令人討厭。明明想選定自己最重視的一個人，為什麼還要拉開距離呢？反了吧？要了解得更深，不是該更靠近才對嗎？」

「呃，不過，那是因為我禁不起色誘……」

「這我也曉得。不過，小晴——我相信你在最後一刻不會把色誘放在眼裡，而是會看對方的心來做選擇……不對，我曉得你會這麼做。畢竟我們是青梅竹馬啊。」

「……謝謝妳，小黑。」

黑羽全部都曉得，然後她還願意相信我。

那我就該傾全力思考，至少我認為自己非得做出一個不會後悔的結論才行。

「你能跟我約定嗎？即使你被其他女生迷住也無所謂，但是別胡亂跟我拉開距離。『明明我是想努力讓你變得更喜歡我，別做出否定我那些努力的行為』。不行嗎？」

「小黑，妳說這些話很大膽耶……」

「我知道……知道歸知道，我就是沒辦法不說。」

黑羽紅著臉低下頭。

我搖搖頭。

「謝啦。結論感覺太便宜我了，但我當然不會說不行。我以後都不會胡亂跟妳拉開距離，我跟妳約定。」

「聽我說，我從之前就想告訴你了，你並不用覺得自卑或愧疚喔。就算被好幾個女生喜歡，那也不算犯罪啊。假如那樣就罪孽深重，當偶像的人全都要下地獄了。」

「哎，那倒是……」

順帶一提，連哲彥都要下地獄。

「會同時跟好幾個人交往，或者只顧自己享受好處的那種人，如果是雙方都同意也就罷了，我個人還是會覺得討厭吧。但我不認為小晴你是那一型的人，所以我希望你用跟以往一樣的方式和我相處。或許你是有糟糕的地方，但我希望你敞開內心，維持在有事情就跟我直話直說的狀態。可以嗎？」

「當然可以！倒不如說，我基本上只會那樣跟人相處！我跟妳約定！」

我拍胸脯保證，黑羽就嘻嘻笑了出來。

「——那麼，這是你跟我約定的獎勵。」

黑羽的香味從鼻尖掠過。

風撫在皮膚上，意想不到的狀況讓我絲毫無法動彈。

因為——

——黑羽的嘴唇，貼上了我的臉頰。

既柔軟又甜美，讓人想永遠品嘗——剛這麼想，那種觸感就遠離我了。

「小、小黑……！」

「這、這算是記念『青梅女友』的關係復活，反正我都已經向全校講明了，像這樣先親一下下也可以吧。不過我還希望嘴脣對嘴脣的吻能保留到真正成為情侶以後，所以這算是一個剛好的折衷點，應該說我也有點想嘗試所以時機點再合適不過，這並不是從之前就計劃好的希望你別誤解了——」

「冷、冷靜點，小黑！」

她講話變超快的！而且感覺永遠說不完！

黑羽的眼睛咕嚕咕嚕地轉到讓人擔心的地步，感覺就像壞掉的機器人，或者應該說有非同小可的「這下出事了」的跡象。因此我連忙要她停下來。

「即使你叫我冷靜，可是，我根本還沒有說夠啊！」

啊～～黑羽眼睛發直了。這是「開關已經完全切下去」的狀態。

黑羽在親我臉頰時還顯得從容，有種想看我心慌，然後藉此取樂的大姊姊氣質。不過那似乎是裝出來的，其實她的內心早就超載了。

哎，黑羽單純是溫柔熱心，骨子裡又愛擺大姊姊的架子罷了。被逼急的話往往就會失去大姊姊風範，還想靠硬拗來解決問題。

目前的黑羽完全就是這樣。剛才在舞台告白也有造成影響吧。

她完全陷入興奮狀態，眼神正在訴說：陪我聊天到心情鎮定為止！

「……想聊天的話，外頭實在太冷，要不要來我家？在家裡我就可以聽妳講到過癮為止。」

在下雪的堤防站著講話，想必會感冒——再說，我也希望讓心情鎮定一點——這是兼顧兩者的提議。

「……小晴，你想在聖誕夜帶我到家裡啊。」

「噗！」

我噴出聲音。

「喂～～～！小黑，我剛才真的沒有想過那種事啦～～～！」

「不是啦，我也覺得你應該沒有其他用意，但日子和時間點未免太巧……對不對？感覺會有一點身體上的安全之虞，不過……我同時也相當迷惘——應該說，這種迷惘算現在進行式吧？大致就是這樣……」

「妳講太多了啦！全都從嘴巴說出來了！」

「總覺得，我今天就是想把心裡的念頭統統說出來。」

「家庭餐廳！我們去家庭餐廳！」

「……你這軟腳蝦。」

「那種詞別講出來讓我聽見！」

我們對彼此了解太多。

距離太近，又說出了全部的心思。

因此才會感到不好意思，但這樣的關係又讓我們輕鬆自在。

我們一邊拌嘴一邊走向家庭餐廳。

＊

在舉行聖誕派對的體育館裡，絕大多數的同學早已回家，學生會正在做事後收拾。

「受不了，瑪琳居然追根究柢地問個不停……」

哲彥沒辦法不發牢騷。

要說的話，黑羽在台上的行動已經超出驚嚇，來到震撼全場的地步了。

任誰都會好奇這究竟是套好的，還是黑羽演技超群——末晴的心是向著哪一邊——白草及真理愛的立場又會如何——諸如此類的疑問，應該都讓人好奇得不得了。

哲彥受到鈴的問題轟炸，好不容易溜掉以後，已經是所有人早就回家的局面了。

「哎，我也回去吧。」

哲彥搔搔頭走向社辦，因為他有行李放在那裡。

「嗨，我等你很久了喔。」

「…………」

可疑人物正堂而皇之地坐在社辦等他。

哲彥不禁捏了自己的眉心。

沒錯，他忘了一向最麻煩的那個人物。

「呃，學長，你最近都靠找我麻煩來取樂對不對？」

「說成找麻煩就讓人寒心了。我覺得跟你講話有意思，所以你要是也能保持開心，那就太令人慶幸了。」

「要我保持開心，那我倒希望學長能立刻斬斷跟我的緣分。」

「對不起喔。那對我來說就沒有意思了，恕我拒絕。」

「結果你只顧自己開心嘛！」

哲彥生氣了，阿部卻笑吟吟地不當一回事。

阿部直接站起身，並且拉了自己面前的椅子。

意思似乎是要哲彥坐下來陪他講話。

「學長，今天是聖誕夜吧？」

「沒錯啊。」

「你的女朋友呢？」

「很遺憾，我缺了點緣分。」

「不不不，學長，女生根本任你選啦，拜託你隨便替自己安排個行程。」

「唔嗯～～我不太願意把戀愛當成玩樂來看待。就算來邀我的女生再怎麼漂亮，如果不是讓我有好感的對象，我就無意跟對方一起過聖誕節。」

「不然請學長邀喜歡的女生啊。」

「實在不好找，所以我目前還在找對象。我個人喜歡值得尊敬的類型。」

「呃，我只是覺得很煩才想找個送客的契機，並沒有要問學長對女生的喜好。因為學長提的那些對我來講無所謂。」

「我就知道你會這麼說。」

即使哲彥如此明顯地表示嫌惡，阿部仍把手放在椅子上，彷彿叫他就座。

「唉～～」

果然在陪對方講完話之前是無法解脫的，哲彥領悟以後就無奈地坐下。

「我想問你，今天志田學妹的行動，你在事前知道多少？」

重新坐回對面的阿部問道。

難道非得將剛才回答鈴的事情重複一遍嗎？如此心想的哲彥感到生厭，就用自暴自棄的調調說：

「學長知道末晴打算跟她們三個拉開距離的事嗎？」

「知道啊，我聽白草學妹提過。」

「……我對志田要告白的事完全不知情啦。假裝有整人企畫讓她們三個把末晴甩掉就是我事先知道的部分。哎，末晴好像誤以為那個整人企畫是我想出來的。我希望的是保持均衡狀態，所以他能跟她們拉開距離才是好事……不過因為拉開距離的狀態缺了點樂子，這次的整人企畫對我來說也不盡然吃虧就是了。」

「那你怎麼會協助志田學妹她們？」

「有個小小的交換條件罷了。內容我不想說。」

大概是哲彥露出絕口不提的跡象，阿部就換了話題。

「整人企畫本身的用意，我隱約察覺到了，但是可以聽你談一談嗎？」

「那是因為她們三個同時追求得太急，末晴選不出對象，又感到罪惡，為了讓自己冷靜就主動退縮啦。末晴說那是『為了對她們三個保持老實的態度』，不過光聽就覺得夠笨吧～～」

「唔，笨在哪裡？我也有感覺到丸學弟應該是想老實對待她們。」

哲彥用手肘拄著桌子，還將下巴擱在右手掌上。

「這次末晴的行動算不算老實，能決定這一點的並不是他，而是那三個女生。」

「……嗯，的確。」

「然後，那三個人當中，好像只有可知認同那是老實的行為，志田與真理愛就懷有不滿了。

要表決的話會是不老實派獲勝。」

「哎，這種歧見在戀愛方面算是滿常見吧……像最近，我也送了變身英雄道具組給六歲的表弟當聖誕禮物，他卻說：『去年的很喜歡，但是今年的不夠帥，所以不用了。』」

「啊～狀況固然有差別，結果就是那麼回事呢。自以為努力幫對方著想，結果卻跟想像中不同，那之前努力思考的又算什麼……當事者會有這樣的想法。以結論來說嘛，這就是雙方溝通不足。」

「話雖如此，牽扯到戀愛，溝通時還要揭露自己的心思，任誰都會想避免，我個人是覺得會發生歧見也無可厚非吧。」

哲彥覺得這個話題會拖得很長，就主動往後談。

「為了打破被末晴拉開距離的狀況，志田想出了那個整人企畫。」

「以想法而言，等於用推的不行就改用拉的試試，對吧？」

「對。可知與真理愛好像一度拒絕了她的提議。就算是整人企畫，要甩掉末晴到底是有風險的啦。」

「那她們又為什麼會配合？」

「嗯～因為末晴將距離拉開，志田就露骨地抽身了。可知則是保持適當的距離，而真理愛無視末晴的意願還想貼近他，所以戰略全都分開了。到最後，末晴最關心的是志田。我有問過末晴，他似乎覺得可知的態度『果然沒有把自己當成戀愛對象吧』，真理愛的態度則被解讀成『不肯理解自己說的話』而偏向否定。」

「表示志田做出最不合常理的行動，才抽中唯一的正確答案嗎……人的心思真不可思議。」

「從結果來看，可知與真理愛似乎是產生危機意識，認為『再不拿出新手段就會讓末晴被志田搶走』，就決定配合這次的整人企畫了。」

「道理我懂了。但是要對喜歡的人冷漠……還是在情敵積極展開追求的情況下……志田學妹依舊有一手耶。我有點學不來。」

「嗯，我的感想也差不多。」

嗯——阿部嘀咕著交抱雙臂。

「那麼，那封情書的用意是？即使說用推的不行就改用拉的試試，為什麼那樣會對丸學弟發揮效果？」

哲彥用食指敲了敲桌子。

「末晴最怕的好像就是失去那三個人的理睬。到頭來他會要求自己保持老實，似乎也是出於那樣的心思。」

「老是被女生迷倒，或許就會失去她們的理睬。正因為喜歡她們才不想失去理睬。滿自然的思路。」

「不過坦白講，他這種觀念夠蠢的～～」

「哪裡蠢？」

「志田、可知還有真理愛才不可能因為末晴老是被女生迷倒就不理他啊。假如會，她們早就不理他了。」

「是啊，的確沒錯。」

阿部嘻嘻笑了。

「被她們三個的魅力迷住而無法做出抉擇，這對末晴來說是希望隱瞞的一件事情，也是他害怕會失去她們理睬的核心要素。所以末晴才搬出了『老實』這個詞，想用拉開距離的方式隱瞞自己的心思。但是對那三個女生來說，『她們早就知道末晴有那樣的心思了』。」

「哎，丸學弟本身大概沒有發現就是了。」

哲彥無奈似的聳了聳肩。

「然後，那封情書就是『把末晴的心思公開化』。他本人應該以為瞞得住，信的內容卻明示他那點心思大家都曉得。」

「那麼，同時向三個人告白的部分是？」

「要讓她們三個同時甩掉末晴，非得那麼安排才行。那只是方便行事而已，重點在先前將心思公開化的部分。」

「她們三個同時甩掉丸學弟以後，感覺可以立刻揭曉這是整人企畫，不過你又隔了一段緩衝的時間，讓她們三個先說甩掉他的理由吧？那是為什麼？」

「那也是將末晴的心思公開化啦。那些理由都是『末晴認為自己失去理睬時會聽到她們說出來的台詞』。」

「我懂了，是這麼回事啊……原來那場整人企畫的本質，在於『公開丸學弟的心思，藉此打破他那不合理的恐懼』嗎……」

「對。順帶一提，那些台詞是由志田她們各自想出來的。單從末晴的臉色來看……哎，似乎都說中了他的痛處。」

「假如不講明甩掉丸學弟的理由就揭曉那是整人企畫，他或許會認為『雖然被甩是整人，但還是不知道什麼時候會被甩』。為了避免他那麼想，你們才安排了那樣的行動，對吧？」

「要是沒有先打破那種想像，還是會死灰復燃好幾次啊。雖然末晴的妄想在今後也有可能復甦，但是一度公開予以否定以後，下次要介入這個問題應該就容易多了。因此我認為這是必須的處置。」

「簡直像把他的妄想當成地鼠來打呢。」

「這形容真是天外飛來一筆耶，學長……」

阿部聳了聳肩，將沒好氣地瞟過來的哲彥應付過去。

「我還想問，這個整人企畫從頭到尾都是志田學妹提出來的嗎？」

「哎，細節姑且不提，公開末晴隱瞞的心思，打破他因為缺乏自信而冒出的妄想，應該都是她早就想好的方針吧。」

「哎呀呀，真不愧是志田學妹。」

阿部大大地嘆了口氣。

看起來就像在說：虧她能設出這種局。

「從志田學妹的行動來看，她在提議要三個人同時甩掉丸學弟時，就決定要自己向丸學弟公開告白了吧？」

「……關於這一點，我是覺得有可疑之處。」

「哦。」

「其實，志田一開始與其說對末晴冷漠，散發出的氣息比較像是找不到自己的容身之處。」

「是嗎？」

「以順序來講，感覺先後發生過『末晴拉開距離』↓『志田提出整人企畫，但是被另外兩人拒絕』↓『找不到容身之處』這些狀況。整人企畫是由她們三個一起參與，所以倒還好，但是要獨自對末晴冷漠就需要相當的膽識。志田想出整人企畫時似乎還沒做出那麼深刻的決斷。」

「那麼，讓她做出決斷的分歧點是？」

「志田在台上說過啊。『青梅女友的關係撤銷以後，我想了又想……得出的結論就是這樣。』這是她自己說的。換句話說，志田迷惘過應對方式，後來末晴就連『青梅女友』的關係都撤銷了。這點起了火頭，或者說讓她吞下了定心丸吧。哎，就算定心丸再怎麼有效，我倒不覺得在台上公開告白是常人能辦到的事情。」

「嗯，我想我一輩子都辦不到。」

「與其說辦不辦得到，我單純是不想那麼做。」

「所有人應該都一樣喔。」

「啊，但是末晴原本就挑戰過了。」

「我們學校勇者多嘛。哎，雖然那大概是出於別人做過所以自己也行的念頭。」

「因為有末晴擔任笨蛋代表，判斷的基準就錯亂啦。」

阿部誇張地聳了聳肩。

「不過……即使如此，想到為了獲勝或許有必要，她就敢當眾告白……志田最厲害的地方就是這一點吧。」

「我想，白草學妹和桃坂學妹都學不來呢……」

「應該也是。所以她們才在煩惱。」

「啊，難怪那兩個人都失魂落魄。」

「對啊。」

黑羽向末晴盛大告白時，白草與真理愛也在同一個舞台，所以她們待的位置是可以攪局的。不，她們反而可以順勢告白表示：「自己也喜歡末晴！」

但是——她們做不到。

別說普通人，那種勇氣當然就連膽子相當大的人也拿不出來。黑羽恐怕花了長時間才做出覺悟，相對地，白草與真理愛則是突然被迫面臨恐怖的場面而輸了一截。她們倆會愣住也是在所難免吧。

那兩個人恐怕都受了震懾，因此無法不為此苦惱。

——苦惱自己是否有覺悟做出相同的舉動。

她們不管怎樣都會去跟黑羽做比較，並且非得面對自己的軟弱。

「那兩個人現在肯定都在焦慮吧。志田已經告白了，自己卻無法告白。這樣他們倆隨時變成情侶都不奇怪。差距被拉開一大截了，到底該怎麼辦才好——這是她們要思考的。」

「畢竟志田學妹帶來的震撼實在太大了。但是她們兩個也會察覺啊，丸學弟不是靠震撼力大小來選對象的那種人。」

「哎，非得盡早告白的壓力還是會留下來吧。」

「應該是這樣。我本身的感想倒是樂見其發展。」

「學長，我覺得那是我要說的話……你的性格是不是逐漸變惡劣了？」

「會不會是跟你聊著聊著就讓性格被同化了呢？」

「欸，有夠噁心的，拜託饒了我吧。」

阿部看哲彥打起哆嗦，就開心似的笑了。

*

真理愛跟姊姊吃過蛋糕，洗完澡，回到自己的房間。

然而那些都是在無意識下做的舉動，其實她對聖誕派對整人企畫以後的事並沒有印象。

（——我沖昏頭了。）

無奈的情緒在腦中打轉。

真理愛躺到床上，仰望著天花板。

（我太高興自己跟末晴哥哥心意相通，就沖昏頭了。）

之前，我終於趕上了黑羽學姊跟可知學姊。

慢一圈的我趕上她們了——換句話說，衝勁是我占優勢，所以我可以直接超前。

我耽溺於這樣的甜美誘惑。

被末晴哥哥意識到以後，優點是積極性的我開始會害羞而產生猶豫了。

但是我透過朱音那件事有所自覺，也做出了分析。到此為止都沒有差錯。

不過距離被拉開以後的行動就失敗了。正因為感到自己開始欠缺積極性，才會勉強自己展開追求。

結果就是落得挨罵好幾次的慘狀。

要趁勢進攻，要忍著害羞衝到底——這種心急的念頭導致了欠缺冷靜的結果。

（黑羽學姊堂而皇之地告白了……還是當著眾人面前……她超前了好幾步……）

不願承認的現實。

但是非得承認不可。無法認知現實，就代表自己正欠缺冷靜。不能再繼續走錯棋，讓差距繼續被拉開。

（告白嗎……）

或許這份心意會就此做出了斷。光是想像就讓手發抖。

可是情敵堂而皇之地辦到了。

那麼，自己不踏進一樣的領域就不可能獲勝。

「黑羽學姊……我不會輸給妳的……」

真理愛朝著半空嘀咕，然後緩緩地閉上眼睛。

＊

白草坐在自己房間的椅子上，用雙手掩著臉。

她受了打擊。她並沒有認清現狀。

（我慢了一步……之前跟小末單獨通電話讀書，在朱音就讀的中學被關進置物櫃時也有只差一步就能攻陷小末的氣氛……我以為進展得很順利……但我錯了……）

人的心思是多麼難解。

即使當了小說家，現實還是無法隨心所欲。

（還有充學長寄給我的郵件……）

上面寫著「丸學弟好像因為妳贊同保持距離，就覺得自己並沒有被妳視為戀愛對象喔」。

（為了表示自己理解小末，我確實還說「小末對我而言是寶貴的恩人兼朋友」，想要保有他期望的距離感……）

但是那並非正確答案。

「照著小末的期望去做並不是正確答案」。

真不知道人的心思為什麼會這麼難以捉摸。

（志田同學當著那麼多人面前告白了，我已經明顯落後。再這樣繼續讓志田同學跑在前面，我肯定會輸——）

白草思考到這裡，就起身猛搖頭。

「不行。就算只是想像，唯有那是絕對不行的——」

白草緊握手掌。

（現在不是叫小末主動向我告白的時候了！）

自己非得拿出行動才可以。

事到如今，白草才察覺如此理所當然的道理。

情敵早就告白了。

做出覺悟吧，為了將自己期望的未來納入手裡。

（我也要告白才行——）

情敵已經做出那麼震撼的告白了。

（既然如此，我也必須做出打動人心的告白——）

白草從書桌抽屜拿出了新的筆記本。

接著為了整理思緒，動筆寫起自己能想到的所有主意。

＊

那天，志田家的老媽志田銀子突然被丈夫志田道鐘叫到了書房。

「呃，孩子的媽，國光託我將電話交給妳。」

「丸先生要找我？不知道他有什麼事呢。」

丸國光是末晴的父親。

國光與道鐘原本就是從小認識的鄰居，更是知心好友。丸家與志田家互相來往就是由此開始的。

他們倆都結婚後，彼此的妻子也意氣相投，建立了交情。

連小孩也是同年出生，兩家的小孩同樣感情要好。

丸家與志田家的聯繫就這樣延續至今。

道鐘與國光通電話並不是多稀奇的事情，他們倆談什麼都合得來，不過會把電話轉給銀子聽就有點稀奇了。

「喂，我是。」

『我是國光。好久不見了，銀子太太。小犬平時受妳照顧了。』

語氣淡然，而且十分低沉，有如地鳴般的嗓音。這是國光的特色。

「哪裡哪裡，客氣了。」

『沒那回事。小犬不只到府上吃飯，還讓黑羽到家裡幫忙打掃。』

「啊，那在前陣子已經換成蒼依和朱音去嘍。」

『……哦，我沒有聽小犬提過。原來是這樣啊。』

「是啊。這件事有我干預。」

『……能不能請教一下詳情？』

「你想嘛，末晴跟我們家的黑羽，不是從以前就很要好嗎？他們在這陣子感覺關係更親近了。所以，我覺得晚上讓他們倆獨處實在不好。」

『很明理的判斷。其實，今天我會請銀子太太聽電話，也跟這件事有關。』

「什麼意思呢？」

『我在出差地看了跟小犬有關的影片，就發現有人留言說黑羽在聖誕節向小犬告白了。』

「哦？是這樣啊？」

『我不確定消息的真假。但既然事關家庭，我才想銀子太太會不會知道些什麼。』

「……我明白了。我這邊也會探探他們的口風。」

『不好意思，總是在麻煩你們夫妻倆。』

國光講話的腔調會讓人留下粗魯的印象，其實他身段相當低。

「哪裡哪裡。畢竟我是有紗的好朋友，有紗的兒子就像我兒子一樣。」

『我代亡妻向妳致謝。』

「請不要放在心上。我把末晴當成自己的家人，所以總會照顧他……國光先生，你有跟末晴講話嗎？」

『…………』

「因為我都沒有聽末晴提過你的事，才多嘴關心了一下。」

『…………我們不要緊的。』

「那就好……我深切了解你是打從心裡愛著有紗，結果才會去從事現在的行業……但是，請你也要多關心活在當下的末晴——」

『……是的，讓妳為我們父子倆操心了，萬分抱歉。』

霎時間，銀子察覺自己介入得太深了。

「啊，不會！那個，我只是稍微想到，請別放在心上。」

『不會，感謝妳給的忠告。我會試著跟小犬好好談一次。』

「……是啊，或許那樣會比較好。」

『那麼，失陪了。如果小犬的情況又有什麼改變，若妳能知會一聲就太令人感激了。』

「是的，那當然。下次再聯絡吧。」

銀子說完就掛了電話。

「呼～～」

銀子一面嘆氣一面擦去額前的汗水。

「抱歉，我對他說得過火了一點。」

「……我明白。孩子的媽，國光與末晴小弟關係尷尬這一點，我也是從以前就掛懷於心。雖然當中應該有什麼隱情……」

親子的關係非常難解。那是從小孩出生至今每一天的累積才表現在目前的關係上，因此彼此的關係不是那麼輕易就能改變的。關係失和以後，就算持續一輩子也不稀奇。

「……要是有紗還在世——」

銀子想起已經身故的好友——便不再多說什麼了。

後記

大家好，我是二丸。

本作第一集發售是在二〇一九年六月八日，因此在這次第八集上市就差不多迎來二周年了。能走到這裡都是托各位讀者支持的福，誠摯感謝。若能請大家繼續支持便是甚幸。

那麼，動畫應該也播到後半季了，來談一點幕後祕辛。

我是岐阜出身，而在成為專職作家而搬來東京前，都是在岐阜當兼職作家。恐怕是因為這層地緣關係，岐阜縣紅十字血液中心來找我談過聯名企畫，就舉行了鼓勵捐血的活動。

那時候，當地的朋友問過我：「咦，青梅不輸的作品聖地並不是在岐阜嗎？」

依序寫下來的話，小說正篇的舞台是在「多摩川沿岸的某處」（硬要舉出具體的車站名稱則是「二子玉川」）。理由則是「末晴以前是人氣童星，又曾經從家裡到經紀公司通勤，所以會住在東京近郊」、「第一集為了加強青春要素而出現過堤防場景，所以舞台在河川沿岸」、「在東京提到河川沿岸，我本身最熟悉的地區是多摩川」。

漫畫都是以小說正篇為依據，因此也用了那樣的形象繪製而成。

接著再談到動畫，從結論來說，舞台設在「埼玉縣飯能市」。假如有熟人拜託「希望將岐阜設為聖地」，要推動也是可行的（畢竟我覺得以岐阜為背景無礙於東京近郊的設定），不過都沒有人跟我提過，我也就抱著姑且想想的心態。後來動畫的製作方主動提出：「因為能減輕作畫負擔，可以的話，用飯能市當舞台好嗎？」戀愛喜劇的命脈在於作畫，所以我覺得能盡量讓作畫好一點也無妨，就把聖地拱手讓出去了。

基於這個理由，岐阜並沒有成為聖地。私下期待的當地同鄉們，對不起。萬一下次還有同樣的機會，又有熟人希望將岐阜設為聖地，請事先通知我一聲。

最後，聲援我的各位讀者、黑川編輯、小野寺大人、繪製插畫的しぐれうい老師，誠摯感謝你們！另外，本作的相關書籍……負責改編正篇漫畫的井冬老師、繪製四姊妹日常生活的葵季老師、繪製每週三青梅不輸的豚もう老師，以及執筆官方合同誌的各位漫畫家，感謝你們！每部漫畫都很有趣，各位若不嫌棄還請一讀！

二〇二一年　四月　二丸修一

下集預告

✖ ❤ ✿

OSANANAJIMI GA ZETTAI NI MAKENAI LOVE COMEDY

有個末晴怎麼也應付不來的人物。
他的父親，丸國光。

父親在過去理應值得依靠，
彼此的嫌隙卻隨著歲月增長悄悄加深，
現在在家裡即使擦身經過，
也只會簡單講一句就草草了事。

然而有一天，因為某個小小的導火線，
如今父子間的親情即將瓦解。

「我離家出走跑來這裡了——」

「——滾啦！」

末晴在衝動下離家出走，
雖然想投靠哲彥，
卻輕易遭拒而走投無路。
救贖的手就在這時伸向了末晴——

「——咦，小末？
你怎麼了？」

意想不到的相遇——

將兩人之間的距離逐漸拉近。

NEXT
SHUICHI NIMARU PRESENTS
VOLUME

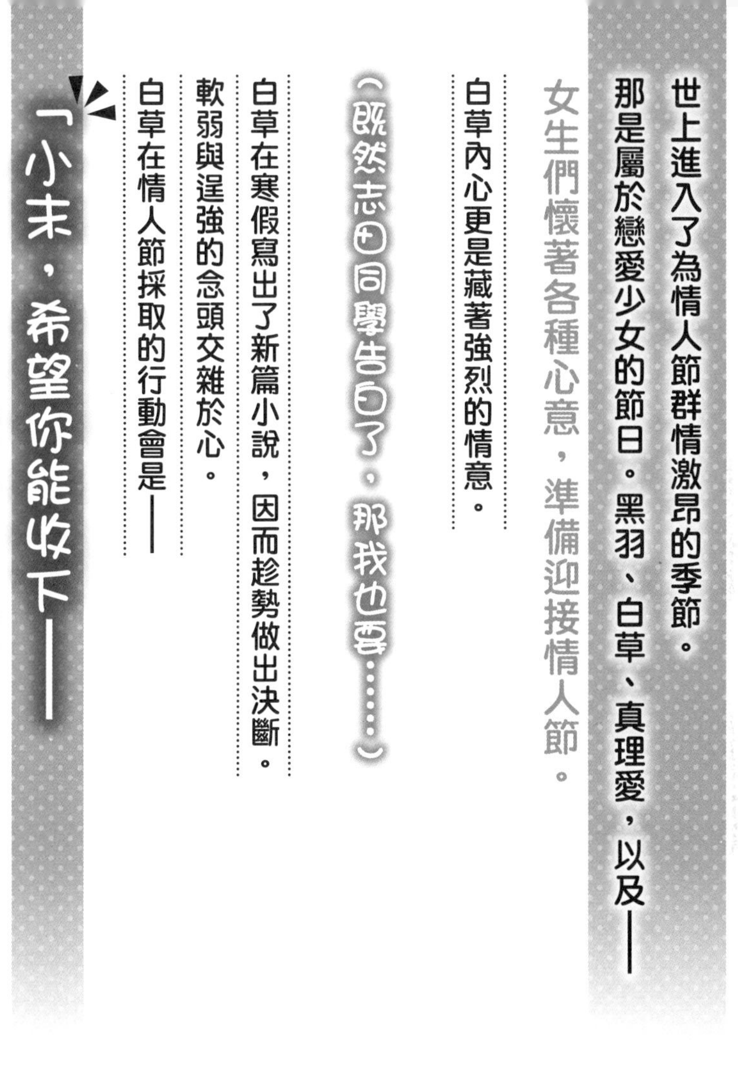

青梅竹馬絕對不會輸的戀愛喜劇 9

VOLUME:NINE

少女們的情人節

敬請期待！

青春豬頭少年不會夢到正義護理師

鴨志田一

插畫 溝口ケージ

Kadokawa Fantastic Novels

青春豬頭少年不會夢到正義護理師

作者：鴨志田 一　插畫：溝口ケージ

都市傳說「＃夢見」在學生間成為話題。
郁實藉此化身為「正義使者」助人？

寫下來的夢會應驗——這個都市傳說「＃夢見」在學生們的SNS成為話題。咲太目擊郁實藉此化身為「正義使者」助人，也得知她碰上了類似騷靈的現象，而且原因好像來自以前的咲太……？開啟上鎖的過去之門，青春豬頭少年系列第十一集。

各 **NT$200~260/HK$65~80**

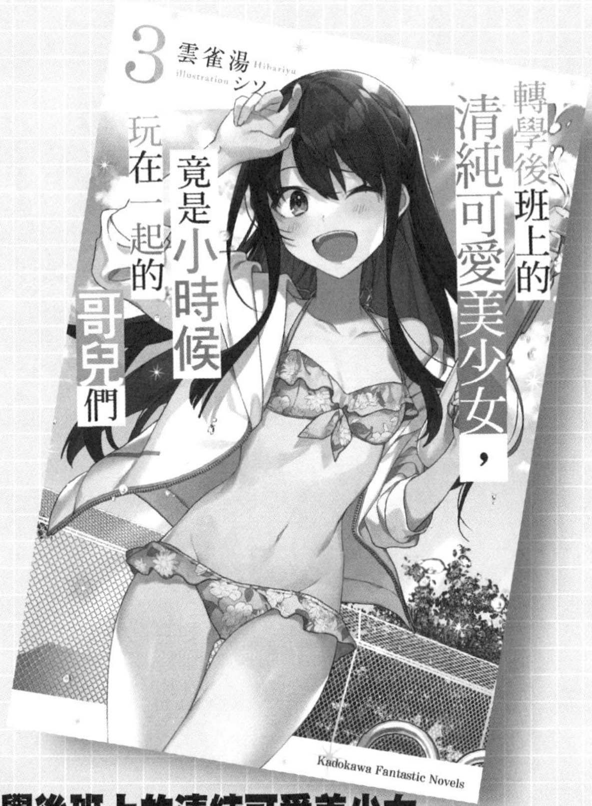

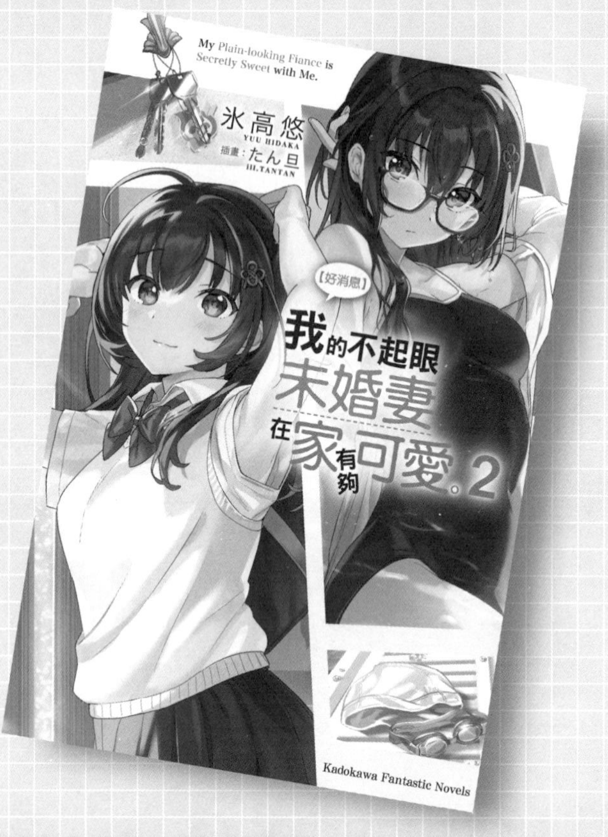

【好消息】我的不起眼未婚妻在家有夠可愛。 1~2 待續

作者：氷高悠　插畫：たん旦

我與結花陷入了祕密即將穿幫的危機！
可愛又讓人心暖暖的戀愛喜劇第二集。

　　我與未婚妻結花一起度過的日子比想像中開心！時而在游泳池看她穿泳裝的模樣看得出神，時而來一場變裝約會，到了七夕更是兩人一起許下願望。然而，班上的二原同學令人意想不到地急速接近？我與結花的祕密即將穿幫！結花大膽的行為也愈演愈烈！

各 **NT$200~230/HK$67~77**

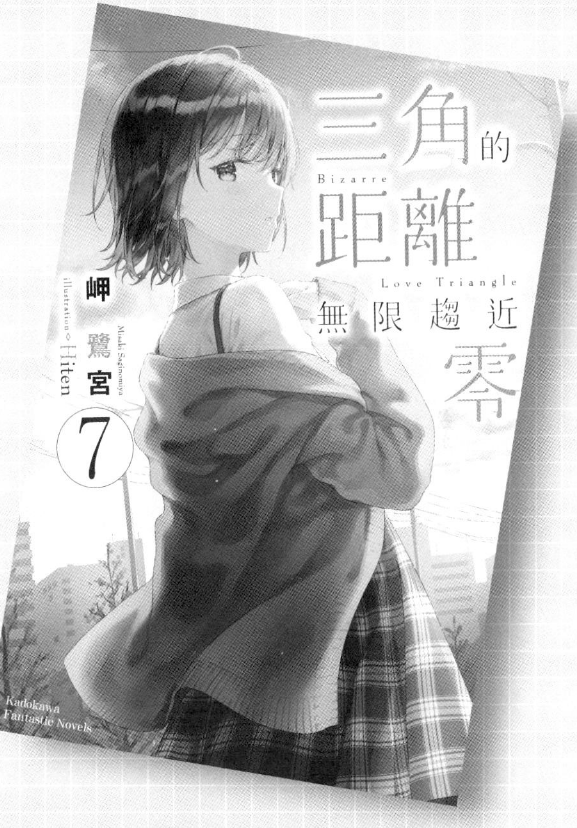

三角的距離無限趨近零 1~7 待續

作者：岬鷺宮　插畫：Hiten

我愛上的那個女孩體內住著兩個靈魂——
與雙重人格少女譜出的三角戀愛故事。

在跟秋玻與春珂談戀愛的過程中，我變得搞不懂「自己」了。春假期間，她們在旁邊支持我，陪我一起找尋自我。而人格對調時間逐漸縮短的她們同樣到了該面對自己的時候。跟雙重人格少女共度的一年結束，我得知走向終點的「她們」最後的心願——

各 **NT$200~220/HK$67~73**

國家圖書館出版品預行編目資料

青梅竹馬絕對不會輸的戀愛喜劇/二丸修一作 ；鄭人彥譯. -- 初版. -- 臺北市：臺灣角川股份有限公司, 2022.01-

冊； 公分

譯自 :幼なじみが絶対に負けないラブコメ

ISBN 978-626-321-117-9(第5冊：平裝). --
ISBN 978-626-321-348-7(第6冊：平裝). --
ISBN 978-626-321-527-6(第7冊：平裝). --
ISBN 978-626-321-674-7(第8冊：平裝)

861.59 110019020

Kadokawa Fantastic Novels

青梅竹馬絕對不會輸的戀愛喜劇 8

（原著名：幼なじみが絶対に負けないラブコメ 8）

2022年8月17日　初版第1刷發行

作　　者：二丸修一
插　　畫：しぐれうい
譯　　者：鄭人彥

發 行 人：岩崎剛人
總 編 輯：蔡佩芬
編　　輯：孫千棻
美術設計：莊捷寧
印　　務：李明修（主任）、張加恩（主任）、張凱棋

發 行 所：台灣角川股份有限公司
地　　址：104台北市中山區松江路223號3樓
電　　話：（02）2515-3000
傳　　真：（02）2515-0033
網　　址：www.kadokawa.com.tw
劃撥帳戶：台灣角川股份有限公司
劃撥帳號：19487412
法律顧問：有澤法律事務所
製　　版：巨茂科技印刷有限公司
ＩＳＢＮ：978-626-321-674-7